Judith. Reise in die Vergangenheit

AF211558

Sabine Völker-Horns

JUDITH

REISE IN DIE VERGANGENHEIT

Bibliografische Information der Deutschen Nationalbibliothek
Die Deutsche Nationalbibliothek verzeichnet diese Publikation in
der Deutschen Nationalbibliografie; detaillierte bibliografische Daten
sind im Internet über http://dnb.d-nb.de abrufbar.

Umschlagdesign, Satz, Herstellung und Verlag:
BoD - Books on Demand, Norderstedt

ISBN 978-3-7583-3117-6

INHALT

EINLEITUNG 7
Die Sünden der Väter

1. Kapitel 9
Spurensuche

2. Kapitel 53
Neubeginn mit Hindernissen

3. Kapitel 173
Asche zu Asche

ANFANG und ENDE 201
Der Kreis schließt sich

Quellennachweis 205

Danksagung 206

EINLEITUNG

DIE SÜNDEN DER VÄTER

Er hört sie tuscheln, wispern, kichern, ahnt die Blicke, die sie sich zuwerfen.

Wenn er etwas sagt, heißt es: »Euer Onkel ist senil geworden.« Aber er sagt nicht mehr viel.

Sie hören sowieso nicht zu.

Sie sagen: »Ja ja, ist schon recht«, und behandeln ihn ansonsten wie ein Möbelstück.

Für die kleinen Kinder in der Familie ist er ein ulkiger Alter, viel komischer als das Fernsehen. Für seinen Neffen und dessen Sohn, die auf das Erbe warten, lebt er schon viel zu lange. Nur für die alte Mathilde, die für ihn kocht und putzt, ist er mehr als nur die Aufbesserung ihrer kleinen Witwenrente. Sie hört ihm zu, obwohl sie fast taub ist. Doch nach all den Jahren sind zwischen ihnen keine Worte mehr nötig.

Oft fällt unvermittelt die Dunkelheit über ihn. Dann vergisst er, was er gerade gesagt oder getan hat. Sie lachen dann über ihn und sprechen davon, ihn in ein Altersheim zu geben.

Sollen sie lachen, jetzt, solange sie es noch können.

Es ist ihm egal.

Er bedauert nichts mehr, nur noch das eine – dass er seinen letzten Streich nicht mehr erleben wird.

Die Sünde eurer Väter soll euch treffen bis ins dritte und vierte Glied. Der Satz hat ihm gefallen, er weiß nicht mehr, warum. Aber es hat etwas mit dem zu tun, was er sich ausgedacht hat.

Er will ihnen ins Gesicht lachen, aber die Gesichter verschwimmen, und die Gegenwart und die Erinnerung gehen ineinander über. Nur Marysias Blick hält dem seinen stand. *Gutes Mädchen – du kommst noch zu deinem Recht nach all den Jahren*, denkt er noch.

Die Dunkelheit kommt wieder. Er weiß nicht mehr, was für einen Streich er ihnen spielen will und warum. Er hat auch vergessen, warum er mit seinem Bruder seit über vierzig Jahren nicht mehr geredet hat. Es ist nicht mehr wichtig. Er hat es einmal gewusst und getan, was getan werden musste, als die Dunkelheit noch fern war.

Er hat einen Grund gehabt, und das genügt ihm.

1. KAPITEL

SPURENSUCHE

Der Schlüssel drehte sich im Schloss. Judith sprang hastig vom Sofa auf. Ihre Mutter war spät dran, und sie musste unbedingt mit ihr reden.

»Ist Post gekommen?«

Marianne stellte diese Frage immer als erstes, noch bevor sie ihre Tochter begrüßte.

Judith hatte nie verstanden, warum das so wichtig sein sollte, sich gleich nach der Arbeit auf eine Mahnung vom Gaswerk oder einen Beschwerdebrief des Hauswarts zu stürzen. Und die Briefe, die neuerdings vom Anwalt kamen, waren auch nicht gerade erfreulich.

»Ist Post gekommen?« wiederholte Marianne.

Judith wedelte mit mehreren Umschlägen.

»Der übliche Scheiß ...«

»Judith, bitte!«

»Entschuldige, Mama.«

Marianne griff nach dem Packen und sah ihn durch.

»Rechnungen, Rechnungen, Rechnungen ...«

Achtlos warf sie die Briefe auf den Esstisch.

»Übrigens, rate mal, wer mich heute im Büro angerufen hat.«

»Keine Ahnung«, sagte Judith lustlos.

»Etwas Wichtiges?«

»Dein Vater – und kannst du dir vorstellen, was er wollte?«

»Er ist nicht mein Vater!« fauchte Judith, »und ich wünschte, du würdest ihn nicht so nennen. Er ist ein kleiner, mieser Schleimer, und die Trennung von diesem Kerl war die beste Idee deines ganzen Lebens!«

»Fang nicht wieder davon an«, stöhnte Marianne.

»Ihr habt euch doch mal so gut verstanden.«

»Da wußte ich ja auch noch nicht ...« fing Judith an, unterbrach sich aber gleich wieder.

»Na, ist ja auch egal«, fuhr sie etwas ruhiger fort.

»Also, was wollte er?«

»Er fragte mich, ob wir Nicole eine Weile aufnehmen könnten. Er hat anscheinend ein Jobangebot fürs Ausland und kann sich die nächste Zeit nicht kümmern.«

»Der ist doch sonst auch immer beruflich in ganz Deutschland unterwegs gewesen«, sagte Judith langsam.

»Macht doch keinen Unterschied, ob Deutschland oder Frankreich. Und Nicole ist doch sowieso hauptsächlich bei Oma.«

»Die wird auch nicht jünger«, sagte Marianne, »und sie hat ja nicht nur Nicole großgezogen, sondern auch noch den Opa gepflegt, bis er ins Heim kam. Und wenn du Oma in der letzten Zeit mal besucht hättest, dann wäre dir aufgefallen, daß sie vielleicht noch ihre Katze versorgen kann, aber mit Nicole komplett überfordert ist.«

Judith blieb ruhig, aber sie ärgerte sich.

»Glaubst du im Ernst, der kommt wieder, wenn du ja sagst? *Du* hast doch die Scheidung eingereicht. Mensch, Mama, denk doch mal nach. Er ist dich los, er ist mich los, und anscheinend ist er auch bald die Verantwortung für Nicole los. Was Besseres kann dem doch gar nicht passieren. Der gurkt mit seiner neuen Freundin durch Südfrankreich und denkt gar nicht daran, dir die Scheidung auszureden. Wär’ er ja auch schön blöd. Und du fällst natürlich mal wieder auf seine Show ’rein.

Nee, nee, das kann er mit Netti klären, oder wer auch immer grad die aktuelle Herzdame ist. Soll die sich doch um Nicole kümmern.«

»Nicole kann genauso wenig für die Umstände wie du. Wäre es denn so schlimm für dich, wenn sie eine Weile bei uns lebt?«

»Du bist doch blöder als die Polizei erlaubt!« fauchte Judith.

»Wozu läßt du dich denn scheiden, wenn du dich weiterhin vom ihm so behandeln läßt? Willst du dich echt nach allem, was sich er sich geleistet hat, auch noch mit Nicole herumärgern? Du warst doch selbst ganz froh darüber, dass sie nur jedes zweite Wochenende herkam und die übrige Zeit bei Oma war. Wie oft hast du zu Tante Carola gesagt, du würdest diese verzogene Zicke am liebsten auf den Mond schießen? Und jetzt soll sie plötzlich ganz zu uns ziehen? Verstehe ich echt nicht, aber das musst du ja selbst wissen. Aber dann ohne mich!«

»Was meinst du damit?«

Judith tat ihre Mutter fast leid, wie sie auf dem Flur stand und versuchte, wenigstens ein Stück heile Familie festzuhalten. Aber sie war wütend und verletzt, und sie konnte jetzt nicht aufhören.

»Dir schein' ich ja nicht mehr gut genug zu sein, wenn du dir so 'ne verwöhnte Prinzessin als neue Tochter zulegen willst. Ich such' meine Oma, dass du's weißt. Vielleicht will die mich ja haben.«

Marianne wurde blass.

»Du weißt doch, dass deine Großeltern nicht mehr leben. Sie sind mit dem Auto verunglückt, da warst du noch gar nicht geboren.«

»Das hast du mir schon tausendmal erzählt«, gab Judith patzig zurück, »aber jedes Kind hat *zwei* Großmütter. Ich werd' meine andere Oma schon ausfindig machen, und dann kannst du hier von mir aus ein Kinderheim eröffnen.«

Sie war zu weit gegangen, und sie wusste es. Aber es geschah nichts. Marianne starrte ihre Tochter nur an, ohne ein Wort zu sagen. Als das Schweigen unerträglich wurde, drehte Marianne sich um, rannte zur Toilette und schlug die Tür hinter sich zu.

Als sie nach einer Weile wieder herauskam, war sie vollkommen ruhig. Ohne Judith anzusehen, zog sie ihren Mantel an, griff nach dem Autoschlüssel und verließ das Haus.

Judith wartete noch ein paar Minuten, um ganz sicher zu sein, dass sie allein war. Dann tat sie etwas, was sie normalerweise nie gewagt hätte: sie ging an den Schreibtisch ihrer Mutter. Marianne war nicht sehr ordentlich, und deshalb hoffte Judith, sie würde es gar nicht merken. Die oberste Schublade klemmte. Judith zerrte daran, und nach einer Weile öffnete sie sich mit einem lauten Knirschen. Die Lade war ziemlich vollgestopft mit Briefen, losem Kleingeld, Büroklammern und ähnlichem. In der zweiten lagen zwei Stangen Zigaretten und einige lose Schachteln. Judith grinste. Angeblich hatte Marianne vor zwei Jahren aufgehört – wieder einmal. In der dritten Schublade, unter einem Haufen alter Zeitungen, fand sie, was sie gesucht hatte: das Stammbuch der Familie. Sie nahm es an sich und schob die Lade wieder zu. Ganz gelang es ihr nicht. Beim ebenfalls schon altersschwachen Küchenschrank wäre es ihr egal gewesen, aber Marianne durfte nicht merken, dass sie am Schreibtisch gewesen war. Sie verpasste der Lade einen Tritt, woraufhin die rechte Tür aufsprang. Judith verdrehte die Augen. Statt einer Stereoanlage hätte sich Marianne vom Weihnachtsgeld der Firma vielleicht lieber einen neuen Schreibtisch kaufen sollen. Sie schloss die Tür und ging in ihr Zimmer.

»Judith?«

Verflixt! Marianne war schon wieder da. Judith hatte gehofft, das Stammbuch durchblättern und gleich wieder zurücklegen zu können. Daraus wurde jetzt nichts. Hastig schob sie das Buch unter ihre Schulsachen. Als Marianne das Zimmer betrat, hatte sie ihr Mathematikbuch in der Hand und schien Hausaufgaben zu machen.

Marianne stand in der Tür und sah ihre Tochter hilflos an. Plötzlich schämte sich Judith. Ein verlegenes Schweigen breitete sich aus.

»Es tut mir leid«, sagte Judith schließlich.

Marianne schüttelte den Kopf.

»Es ist meine Schuld. Ich habe in der letzten Zeit einfach zu viel von dir verlangt und dich mit deinen Problemen ziemlich allein gelassen. Es tut *mir* leid, Judith. Ich weiß, dass du es zurzeit nicht leicht hast, und ich glaube, ich habe in den vergangenen Wochen nie richtig zugehört, wenn du mir etwas erzählt hast.«

»Ach.«

Judith war noch zu aufgewühlt, um zu merken, dass ihre Mutter sich eben bei ihr entschuldigt hatte.

Aber Marianne blieb hartnäckig.

»Was war das für eine Geschichte mit Dr. Elsenbach? Kommst du jetzt einigermaßen klar mit Physik, oder sollte ich mal in die Schule gehen und persönlich mit ihm reden?«

Dr. Elsenbach? Wieso fing Marianne jetzt von der Schule an? Judith brauchte einen Moment, um dem Gespräch zu folgen. Sie selbst war in Gedanken noch bei einem ganz anderen Thema.

»Der alte Else?« platzte sie dann heraus.

»Der ist 'n voll fieses Ekel. Willst du wissen, was der für Sprüche gebracht hat?«

Und dann sprudelte Judith los. Es war ihr jetzt egal, ob Marianne zuhörte oder nicht. Sie musste einfach loswerden, was sie in diesem Schulhalbjahr belastete. Sollte Marianne sie doch für die zahlreichen Tadel, Extraarbeiten und Fünfer bestrafen. Sie hatte andere Sorgen als ein gutes Zeugnis.

Marianne schwieg.

Judith schielte durch ihre Ponyfransen zu ihrer Mutter hoch. Schweigen war kein gutes Zeichen. Meistens war Marianne dann so wütend, dass sie keine Worte fand.

»Stimmt das, Judith?« fragte sie schließlich.

»Du kannst die Klassensprecherin anrufen, wenn du mir nicht glaubst.«

»Und Dr. Elsenbach hat gesagt ...?«

Marianne fehlten die Worte.

Judith nickte.

»Er hat gesagt, früher war alles besser, da sind nur die Kinder aus gutem Hause auf die höhere Schule gekommen. Wieso ich nicht abgehen würde auf die Volksschule und dann zwei Jahre Hauswirtschaft mache – das wäre für mich gut genug ...«

Sie weinte fast.

»Und dauernd fragt er, ob meine Großeltern hier Gastarbeiter waren und wie die hießen – der ist so was von ausländerfeindlich, das glaubst du gar nicht. Deswegen kann er mich auch nicht leiden, weil er denkt, wir wären Polen oder Russen. Wenn der zehn Jahre älter wäre, hätte er noch in der Nazi-Zeit unterrichten können, so wie der immer redet. Und ich weiß überhaupt nicht, was das eigentlich soll – nicht mal Claudia Schiffer ist so blond wie ich, ich könnte glatt als Schwedin durchgehen!«

»Das darf ja wohl nicht wahr sein! Montag gehe ich in die Schule und rede mit dem Schulleiter. Ich verspreche dir, das wird aufhören.«

Judith atmete auf.

»Geschichte habe ich auch in den Sand gesetzt«, gestand sie.

Marianne strich ihr eine widerspenstige Haarsträhne aus dem Gesicht.

»Vergiss es einfach. Der Hohmann ist auch so einer. Nimm es nicht persönlich.«

Judith staunte.

Mariannes Stimmungen wechselten rascher als das Wetter.

»Judiiiith!«

»Was ist denn los, Mama?«

»Ich habe dich schon dreimal gerufen. Wo steckst du denn immer?«

»Kann man in diesem Haus nicht mal in Ruhe Haare waschen?«

Genervt kam Judith aus dem Bad, das nasse Badetuch noch in der Hand.

»Was ist denn?«

»Hör mal, ich muss noch mal zum Friedhof und Blumen gießen. Ich bin in spätestens zwei Stunden zurück.«

»Ja, Mama, alles klar.«

Kopfschüttelnd fönte Judith ihre Haare zuende.

Friedhof. Eine noch dümmere Ausrede war Marianne wohl auf die Schnelle nicht eingefallen. Schließlich regnete es seit Tagen. Judith hätte ihre Inline Skates gegen ein paar alte Socken verwettet, dass Marianne sich mit Thomas traf. Nach diesen Treffen war sie meist unausstehlich.

›Ich sollte meine Hausaufgaben wohl besser gleich machen‹, dachte Judith.

›Wer weiß, was die nachher wieder für eine Laune hat.‹

Ohne große Lust ging sie in ihr Zimmer und nahm ihr Englischbuch aus der Schultasche.

»Wo habe ich denn das blöde Heft schon wieder hingelegt?« murmelte sie und durchwühlte die Tasche ein zweites Mal. Das Heft war nicht da. Ärgerlich schüttete sie den Inhalt der Schultasche auf ihr Bett. Das gesuchte Heft fand sie nicht. Dafür fiel ihr das Stammbuch entgegen. Sie hatte es am Freitag zwischen ihren Schulsachen versteckt und dann vollkommen vergessen.

Judith warf einen Blick auf die Uhr. *Zwei Stunden*, hatte Marianne gesagt. Wahrscheinlich würden es eher drei.

Der englische Aufsatz war vergessen. Judith griff nach dem Stammbuch und begann zu blättern.

Dem neuvermählten Paare wünscht an seinem Ehrentage bei der Übergabe des Stammbuchs der Familie ein gemeinsames und dauerhaftes Ehe- und Familienglück der Standesbeamte stand auf der ersten Seite.

Judith kicherte.

›Noch geschwollener geht's wohl nicht‹, dachte sie.

Die erste Urkunde war eine beglaubigte Abschrift aus dem Familienbuch. Neugierig betrachtete sie das Blatt. Auf der linken Seite stand der Name ihres Stiefvaters, Thomas Weidemeyer, auf der rechten Seite der Name ihrer Mutter, Marianne Weidemeyer, geb. Wagner.

Die Großeltern waren auch aufgeführt. Thomas' Vater war schon lange tot, an den hatte sie kaum noch Erinnerungen, und seine Mutter war über die anstehende Scheidung nicht besonders traurig. Auch für Judith war es kein Verlust, den Rest ihres Lebens ohne Gertrud Weidemeyer zu verbringen. Aber weiter unten standen auch die Namen, die sie gesucht hatte.

Eltern der Ehefrau stand da – *Vater: Wagner, Klaus; Mutter: Maria Wagner, geb. Darsch.*

›Darsch! Was für 'n ulkiger Name!‹

Judith blätterte weiter.

Es folgten zwei Sterbeurkunden, die von Maria und Klaus Wagner, ihren Großeltern. Die Großeltern waren 1980 gestorben. Judith rechnete nach. Marianne war beim Tod ihrer Eltern gerade neunzehn Jahre alt gewesen. Es stimmte also, dass ihre Großeltern bei ihrer Geburt nicht mehr da waren. Ob die Geschichte mit dem Autounfall auch stimmte, wusste Judith nicht. Sie hatte inzwischen beschlossen, den Erwachsenen nicht mehr blind alles zu glauben. Wahrheit war anscheinend so dehnbar wie ein Haargummi.

Judith legte das Stammbuch beiseite, ging ans Regal und zog einen rechteckigen Korb heraus, in dem sie Briefe und andere persönliche Dinge aufgewahrte. Ganz unten hatte sie eine kleine Schachtel versteckt. »Für Judith« stand auf dem Deckel, und in der Schachtel befanden sich einige Fotos. Mariannes Tante war vor wenigen Monaten gestorben. In ihrem Nachlass fand sich dann die Schachtel, die sie ihrer Großnichte hinterließ.

Judith nahm das obere Bild heraus, das schon ziemlich verblasst und angeknickt war, strich es glatt und betrachtete es. Jetzt hatte sie dazu auch einen Namen – Matthias Fritsche – und einen Ort – Köln. Dieser Mann war also ihr leiblicher Vater. Judith suchte wie so oft nach Ähnlichkeiten. Vielleicht in der Statur; im Gegensatz zu ihrer zierlichen Mutter war sie eher athletisch. Auch Matthias Fritsche wirkte sportlich. Damit hörten die äußeren Ähnlichkeiten schon auf, ihr Vater war dunkelhaarig mit braunen Augen. Aber seine Kleidung gefiel ihr, er trug Wildlederstiefel, eine Jeans und einen hellbraunen Wollmantel über einem schlichten Pullover. Trug man so etwas in den 70ern? Judith hatte eher Bilder von langhaarigen Männern mit Jeansjacken und Schlaghosen vor Augen. Vielleicht war ihr Vater auch jemand, der seine eigenen Vorstellungen hatte und dem es egal war, was andere dachten.

Judith legte das Bild in die Schachtel zurück und griff nach dem Brief, den sie so oft gelesen hatte.

Meine liebe Judith,
ich schreibe diesen Brief in der Hoffnung, daß Du ihn niemals lesen wirst. Du bist jetzt knapp vier Jahre alt und Marianne hat kürzlich geheiratet. In vierzehn Jahren feiern wir zusammen Deinen 18.

17

Geburtstag, und dann werde ich Dir erzählen, was ich weiß und kann den Brief wegwerfen. Ich schreibe Dir deshalb diese Zeilen, weil ich nicht weiß, ob ich dann noch da bin und ob Marianne ihre Meinung geändert hat. Wir hatten Streit, weißt Du. Ich finde, Du solltest wissen, wo Deine Wurzeln liegen. Du solltest auch wissen, wer Dein Vater ist. Marianne vertritt den Standpunkt, daß Thomas nun Dein Vater ist und Du gar nichts über Deine Herkunft wissen mußt. Das sehe ich anders.

Ich erinnere mich noch gut an den Tag, als Deine Mutter ihre Schwangerschaft nicht mehr verbergen konnte. Ich stellte keine Fragen, aber ich bot ihr meine Hilfe an. Marianne machte nur ein paar Andeutungen, die wohl eher dazu gedacht waren, mich milde zu stimmen. Das wäre nicht nötig gewesen. Ich war nicht schockiert oder enttäuscht. Solche Dinge passieren eben. Vermutlich war er verheiratet. Aber ich habe ein paar Fotos retten können, die Marianne verbrennen wollte. Die lege ich dem Brief bei. Vielleicht wirst Du Deinen Vater suchen wollen, wenn Du älter bist, um ihn kennenzulernen. Sein Name steht in Deiner Geburtsurkunde. Ich habe eine Abschrift davon behalten; falls Thomas Dich adoptiert und Du dann eine neue Geburtsurkunde bekommst, wäre das alte Dokument für Dich verloren.

Leider war auch Deine Großmutter Maria, die ja meine Schwägerin war, so verschlossen wie Deine Mutter und hat sich nie jemandem anvertraut. Ihre Geheimnisse kenne ich nicht. Wir Kriegskinder reden nicht darüber. Ich weiß nur, daß sie ein Pflegekind war und in Norddeutschland geboren und aufgewachsen ist. Der Vater war nicht bekannt, aber sie hatte eine Vermutung. Das einzige Mal, daß sie mir etwas aus ihrem Leben erzählt hat, war kurz vor ihrer Hochzeit. Sie hatte Probleme mit den Papieren. Danach hat sie nie wieder ein Wort über ihre Familie gesprochen.

Marianne wird es nicht gefallen, daß ich Dir das alles sage.

Sie macht immer ein großes Geheimnis um Deinen Vater und um ihre eigene Mutter und deren Herkunft.
Aber ich finde, Du hast ein Recht darauf, diese Dinge zu wissen.
Ich hoffe, ich tue das Richtige.
In Liebe,
Deine Tante Carola

Judith faltete behutsam den Brief wieder zusammen und legte ihn zurück in die Schachtel. Dann griff sie wieder nach dem Stammbuch und blätterte weiter. Weiter hinten fand sie die Geburtsurkunde ihrer Mutter und auch ihre eigene, nachträglich eingeklebt. In der Geburtsurkunde stand eindeutig »Judith Wagner«. Jetzt ergab auch alles einen Sinn – zwar erinnerte sie sich vage, zumindest als Kind eine Zeitlang auch den Namen »Weidemeyer« getragen zu haben, aber ohne Adoption war es offiziell bei »Wagner« geblieben. Nachdenklich schlug sie die nächste Seite auf, aber es gab keine weiteren Einträge.

Judith klappte das Buch wieder zu. Warum machte Marianne eigentlich immer so ein Geheimnis um ihre Familie? Jetzt war sie verwirrter als vorher, und über ihre andere Großmutter hatte sie nichts erfahren können. Erwachsene waren manchmal ganz schön komisch.

Judith legte das Buch wieder in Mariannes Schreibtisch. Die untere Lade, die sie beim letzten Mal gewaltsam geschlossen hatte, ließ sich nun mühelos öffnen. Zwei lose Zettel, die sich anscheinend aus dem Stammbuch gelöst und in der Lade verklemmt hatten, fielen ihr entgegen.

Judith sah auf die Uhr. Erst drei. Marianne würde in frühestens einer Stunde nach Hause kommen. Ohne zu überlegen, griff sie danach und entfaltete sie.

Es waren Kopien aus dem Register des Standesamtes. Dieses

Mal ging es um die Eltern und Großeltern ihrer Mutter und ihres Stiefvaters.

Den ersten Zettel legte sie gleich wieder beiseite.

Auf dem zweiten Zettel standen die Namen von Mariannes Eltern und Großeltern. Jetzt war Judiths Neugierde geweckt. Mariannes Vater, Klaus Wagner, war am 19. Dezember 1936 in Berlin geboren und hatte am 8. Februar 1961 Maria Darsch, geb. am 12. November 1942, geheiratet.

Judith begann zu rechnen. Ihre Großeltern wären jetzt 54 und 60 Jahre alt, wenn sie noch leben würden. Sie schluckte die aufsteigenden Tränen herunter und suchte nach den Namen der Urgroßeltern.

>*Otto Wagner, Berlin* und *Johanna Wagner, geb. Lüders*<, las sie halblaut.

Schade, dass Wagner ein so häufiger Name war. Judith hätte sich sonst ein Telefonbuch von Berlin besorgt und nachgeschaut, ob ein Eintrag von Otto und Johanna existierte. Viele Leute wurden über 80 Jahre alt. Vielleicht *lebten* die beiden noch.

Das letzte Feld wies keinen behördlichen Eintrag auf.

Irgend jemand, vielleicht Großmutter Maria, hatte mit Bleistift eingefügt: Marysia Dariusz und Wilhelm Behrmann. Hinter den letzten Namen stand, kaum leserlich:

Die Rache ist mein, spricht der Herr. Auch Du wirst für Deine Taten büßen müssen, du verd– ...

Der Rest war nicht mehr zu entziffern.

Judith griff noch einmal nach dem Stammbuch und legte die Zettel hinein.

Dann schob sie es wieder unter die Zeitungen.

Als Marianne nach über vier Stunden zurückkam, schrieb Judith scheinbar eifrig an einem Aufsatz über das Leben in Indien. Sie hätte nicht gewusst, wie sie den Abend überstehen sollte, ohne sich zu verraten. Aber die Maßnahme war überflüssig.

Marianne ging sofort ins Schlafzimmer und schlug die Tür hinter sich zu.

›Na, wenn die auf dem Friedhof war, dann heiß' ich Tusnelda‹, dachte Judith.

Sie stopfte das Erdkundeheft zurück in die Schultasche und ging schlafen.

Der Wecker rasselte um sechs Uhr. Judith hörte zwar das Klingeln, drehte sich aber trotzdem noch einmal um.

›Nur noch fünf Minuten‹, dachte sie. Um halb sieben wachte sie wieder auf.

»Mist!«

Mit einem Satz war sie aus dem Bett und stürmte ins Badezimmer. Sie duschte hastig und band ihre Haare zu einem Zopf zusammen. Zum Glück hatte sie gestern ihre Haare gewaschen.

»Mama?« rief sie durch halboffene Küchentür.

»Hast du den Tee schon fertig? Ich hab' verpennt.«

Marianne fuhr zusammen und kippte hastig etwas in den Mülleimer. Judith schüttelte nur den Kopf.

»Wir sind doch nicht im Kindergarten. Meinetwegen brauchst du nicht heimlich zu rauchen.«

»Wie bitte?«

»Ach komm. Ich bin doch nicht blöd. Vor sechs Wochen ist Thomas ausgezogen, und seit sechs Wochen rauchst du wieder, auf dem Klo oder wo auch immer. Meinst du, ich kriege das nicht mit?«

»Was soll das, Judith?«

»Nichts.«

Judith schenkte sich einen Becher Tee ein.

»Ich find diese Heimlichtuerei bloß kindisch, das ist alles.«

Sie warf einen Blick auf die Uhr. In zehn Minuten würde der Bus kommen. Sie war wieder einmal reichlich spät dran.

»Judith?«

»Mhm?«

Judith rührte Zucker in ihren Tee und sah ihre Mutter abwesend an.

»Rauchst *du* eigentlich?«

»Wie kommst denn du darauf?«

»Ich habe dich nie dabei erwischt. Aber das muss ja nichts heißen. In deinem Alter rauchen doch viele Mädchen schon.«

»Nein«, sagte Judith ärgerlich.

Was die Clique montags in der Freistunde hinter der Turnhalle trieb, ging Marianne nichts an, fand Judith.

»Ich wollte nur sagen, du bist alt genug, du musst es selber wissen, also: du musst nicht *heimlich* rauchen, okay?«

»Schon gut, Mama.«

Judith nahm sich einen Apfel aus der Obstschale und warf ihn in ihre Schultasche.

»Judith, da ist noch etwas, das ich mit dir besprechen muss ...«

In letzter Zeit fingen zu viele Gespräche mit diesem Satz an, und keines davon hatte Judith übermäßig gefallen.

»Ja?«

Sie warf einen erneuten Blick auf die Uhr. Marianne wählte seit neuestem merkwürdige Tageszeiten für ernsthafte Gespräche.

»Wir hatten neulich schon mal kurz darüber gesprochen, weißt du?«

Judith wartete ab.

Marianne sah sie nicht an, als sie weitersprach:

»Wegen Nicole, weißt du ...«

Judith fiel ihr ins Wort.

»Ohne mich. Das Thema ist erledigt.«

»So einfach ist das nicht, Judith.«

»Nein? Sie ist nicht deine Tochter. Was soll der Quatsch? Es

ist seine Aufgabe, ihr ein Zuhause zu bieten, nicht deine. Werd'
erwachsen, Mama.«

Marianne nagte an ihrer Unterlippe, während sie sich nervös
eine neue Zigarette aus der Schachtel nahm.

»Darum geht es doch gar nicht. Es ist wegen der Wohnung.«

Jetzt verstand Judith überhaupt nichts mehr.

Marianne sprach weiter, leise und hastig.

»Die Wohnung gehört Thomas' Mutter. Wenn ich mich nicht
bereit erkläre, Nicole aufzunehmen, setzt er uns beide an die Luft.
Wo soll ich so schnell 'ne bezahlbare Wohnung herkriegen? Ich
hab' doch gar keine Wahl.«

»So ein Arschloch!«

Judith schrie es beinahe.

»Jetzt pass mal auf, Mama, der kann uns mal. Wir suchen uns
was in der Altstadt, wenn's sein muss, 'ne Einzimmerwohnung
mit Kohleofen und Etagenklo, ich kann im Supermarkt putzen,
die Steffie jobbt da auch ...«

Sie brach ab.

»Mama?«

Marianne wandte das Gesicht ab. Aber Judith wusste auch so,
dass sie weinte.

»Ich hab' mir immer nur eins gewünscht – du solltest es mal
besser haben als ich. Aber ich hab' dir alles versaut.«

»Ach, komm ...«

Judith hatte sich nie so hilflos gefühlt.

»Doch, das habe ich. Ich habe deinen Vater verloren, Thomas
ist weg, und meiner Tochter kann ich nicht mal 'n anständiges
Zuhause bieten. Guck dir das olle Gerümpel hier doch an. «

›Oh Scheiße!‹ dachte Judith.

Natürlich wollte sie mehr über ihren Vater wissen, aber nicht
so. Es fühlte sich falsch an, nachzufragen. Marianne hatte sich
mehr oder weniger verplappert, und Judith fand es unfair, das

23

auszunutzen. Der Streit, zu dem es gekommen war, nachdem Judith den Brief der Tante gelesen hatte, war schlimm genug gewesen.

Marianne putzte sich die Nase und atmete langsam durch. Sie schien sich zu beruhigen.

»Manchmal«, sagte sie plötzlich mit abwesendem Blick, »manchmal wünschte ich mir, wir könnten das alles hinter uns lassen und neu anfangen. Und du?«

»Von mir aus sofort.«

»Meinst du das ernst?«

»Ja, sicher«, erwiderte Judith.

»Wir könnten in eine andere Stadt gehen, nach München vielleicht oder nach Berlin. Als Buchhalterin findest du überall Arbeit.«

»Bei dir ist immer alles so einfach.«

»Und du machst aus jedem Sandkorn 'nen Berg. Sei nicht böse, ich muss wirklich los, sonst macht mir der Hohmann wieder Feuer.«

Die zweihundert Meter zur Haltestelle rannte sie. Aber das nützte ihr auch nichts mehr. Der Bus war zwei Minuten zu früh abgefahren.

›So ein Mist‹, murmelte Judith.

›Wieso passiert so was immer, wenn wir den Hohmann in der ersten Stunde haben?‹

Als der nächste Bus endlich kam, war es viertel nach sieben.

Steffie warf einen Blick auf die Uhr.

»Kommst du auch noch mal?«

»Nerv nicht. Der Bus hatte schon wieder Verspätung. Wieso bist du schon hier?«

»Ich habe einen Bus früher genommen. Komm, beeil dich, sonst kommen wir noch zu spät.«

»Wir sind schon zu spät. Es ist halb acht vorbei.«

»Tolle Wurst.«

Judith und Steffie hetzten über die leeren Flure. Der Unterricht hatte begonnen, die Türen waren alle geschlossen, bis auf eine.

»Das ist ja unser Klassenzimmer!« rief Judith erleichtert.

»Hat der Hohmann verschlafen?«

»Der doch nicht. Eher geht die Sonne im Westen auf.«

Judith kicherte.

»Egal. Hauptsache, Geschichte fällt aus. He, Tine, du sitzt auf meinem Stuhl.«

Christina stand auf, aber Steffie winkte ab.

»Mach keinen Stress. Ist doch egal, wer neben wem sitzt.«

Andrea warf einen Blick auf den Flur.

»Eh, da kommt die Schmidt. Will die zu uns?«

»Zu früh gefreut! Wir kriegen 'ne Vertretung!«

»Na toll«, murmelte Melanie.

»Sehe ich so aus, als hätte ich für heute Geschichte wiederholt?«

Typisch Melanie.

»Guten Morgen!«

Frau Schmidt legte ihre Tasche aufs Pult.

»Was wurde in der letzten Stunde durchgenommen? Stephanie?«

»Die NS-Zeit«, nuschelte Steffie undeutlich und schob ihren Kaugummi hastig auf die andere Seite.

»Die ganze NS-Zeit?«

Frau Schmidt sah sie zweifelnd an.

»Das ist wohl ein bisschen umfangreich für nur eine Stunde. Also, was war das Thema der letzten Stunde? Andrea?«

»Der Nationalsozialismus auf dem Land ...«

»Und was weißt du darüber?«

»Nichts.«

»Wie bitte?«

»Na ja, es hatte gerade geklingelt, und dann sagte Herr Hohmann, wir würden das nächste Mal weitermachen. Und dann wurde er krank.«

»Herr, wie ist Dein Tierreich groß«, murmelte Frau Schmidt. Sie blätterte im Klassenbuch.

»Ich sehe gerade, dass in der letzten Stunde ein Referat über die Situation der polnischen Fremdarbeiterinnen in Deutschland das Thema war. Hast du die ganze Stunde verschlafen?«

»Ach, das olle Referat. Das ist doch pie-egal, ist doch nicht so, wie wenn der Hohmann was erzählt.«

Frau Schmidt verschlug es die Sprache.

Aber Andrea war noch nicht fertig.

»Überhaupt dieser ganze Scheiß mit den Nazis, das ist doch schon so lange her, das interessiert doch echt keinen. In jedem Fach werden wir damit belabert, Geschichte, Deutsch, Englisch, Sozialkunde – also langsam geht mir das echt am Arsch vorbei.«

»Mit dieser Einstellung kommst du hier nicht weit.«

Frau Schmidt hatte ihre Sprache wiedergefunden.

»Christina, vielleicht kannst du mich mal *aufklären*«, – einige Jungen in der letzten Reihe lachten – »was es mit diesem Referat auf sich hatte.«

»Das war ein echter Witz«, gab Tine zurück, »ich glaube, das Thema wurde nur deshalb angesprochen, weil es im Lehrplan stand, und Herr Hohmann wollte eigentlich gar nicht darüber sprechen. Deshalb hat er ein Referatsthema daraus gemacht, aber er hat mich ständig unterbrochen und sich an Kleinigkeiten hochgezogen. Ich hätte mir die Arbeit schenken können, über die erste Seite bin ich nicht hinausgekommen, niemand hat etwas mitgekriegt, und es war total nervig. Wenn ich Pech habe, kriege ich auch noch 'ne Vier dafür. Aber er hat seinen Job getan und konnte es mit bestem Gewissen ins Klassenbuch schreiben.«

Judith hielt den Atem an.

Christina nahm nie ein Blatt vor den Mund, auch nicht in Gegenwart der Lehrer, aber wenn sie Pech hatte, erzählte die Schmidt es brühwarm weiter, und dann konnte Christina die Mittlere Reife vergessen. Herr Hohmann war einer der Prüfer.

Judith hatte keine hohe Meinung von den Lehrkräften der Städtischen Realschule, und sie traute keinem von ihnen besonders. Der Geschichtslehrer kam auf ihrer persönlichen Abschussliste gleich nach Dr. Elsenbach.

Frau Schmidt sah so entrüstet aus, dass Judith Angst um ihre Freundin bekam. Doch der Zorn der Lehrerin galt nicht der Klasse.

»Das kann ja wohl nicht wahr sein! Wie kann denn jemand die NS-Zeit durchgehen, ohne auf die ständigen Menschenrechtsverletzungen im Alltag unter dem Hakenkreuz einzugehen – die systematische Vernichtung von Leben, die Judenverfolgungen, die Rassegesetze, die Konsequenzen im Alltag von nicht-arischen Menschen, die Durchführung dieser menschenverachtenden Ideologie im Alltag ist doch eine der wesentlichen Konsequenzen – und ich höre, dass ein Kollege, der mit euch über das Hitler-Regime spricht, einen wesentlichen Bestandteil dieser Problematik gar nicht durchnimmt!«

»Möchten Sie denn, dass ich das Referat noch einmal halte?« fragte Tine wenig begeistert.

»Ja, das wäre schön. Und ich möchte, dass ihr aufmerksam zuhört, und zwar alle! Es ist ein Irrtum zu glauben, Fremdenhass und Menschenrechtsverletzungen seien kein aktuelles Problem mehr.«

Hansi grummelte etwas Unverständliches vor sich hin.

Frau Schmidt sah ihn böse an.

»Ach, der junge Mann ist anderer Meinung? Und wie nennst du das, wenn im ›Bombastic‹ drei afrikanische Jugendliche zusammengeschlagen werden? Harmlose Sandkastenspielchen?«

»Die haben doch angefangen«, verteidigte sich Hansi.

»Und mussten von dann gleich von zwanzig Leuten Prügel beziehen? Findest du das in Ordnung?«

Sie wandte sich wieder an die Klasse.

»Über diese Dinge möchte ich in den nächsten Unterrichtsstunden mit euch sprechen. Es kann nicht angehen, dass heutzutage wieder Minderheiten schikaniert werden, während ihr euch damit brüstet, dass euch das Dritte Reich« – sie verzog das Gesicht – »*am Arsch vorbeigeht*, nicht wahr, Andrea? Wenn das so ist, hat die Schule versagt.«

In der Klasse war es sehr still geworden. Alle Blicke richteten sich auf die Lehrerin. Ohne dass Frau Schmidt sie aufgefordert hatte, nahm Christina ihre Notizen und setzte sich auf das Lehrerpult.

Das hatte noch nie jemand freiwillig getan.

Schüchtern begann sie, das Referat ein zweites Mal vorzutragen.

»In den 30er und 40er Jahren gab es in der Landwirtschaft kaum Maschinen, die ganze schwere Arbeit musste von Hand erledigt werden. Auf den Höfen waren viele Leute, die mithalfen, die Familie und die Knechte. 1939 wurden viele Männer eingezogen. Statt dessen schickte die Regierung Osteuropäerinnen aufs Land.

Fast alle Familien dort waren in der Partei. Mussten sie ja auch. Aber viele waren eben auch überzeugt vom Nationalsozialismus und sahen in den Frauen ausschließlich Arbeitskräfte. Oder eben ...« – Christina zögerte kurz und zerknüllte ein Blatt Papier, während sie nach dem passenden Wort suchte – »na, ihr wisst schon ...«

»Gab es denn Verhütung?« unterbrach Tobias.

Christina guckte verunsichert.

»Nein«, sagte Frau Schmidt, »es gab nichts. Adolf Hitler brauchte Soldaten für seine Feldzüge. Auch den sogenannten arischen deutschen Frauen war es nicht erlaubt, Mittel zur Empfängnisverhütung zu nehmen. Es gab ja auch kaum etwas. Die Pille gibt es erst seit den 60-er Jahren.«

»Und wenn sie schwanger wurden?« fragte Melanie.

»Das kam doch sicher öfter vor.«

»Ja schon«, Christina blätterte in ihren Notizen, »aber das war für sie keine echte Katastrophe, eine Schwangerschaft war für sie die einzige Möglichkeit, wieder nach zu Hause zu kommen. Schwangere Frauen konnten ja die harte Arbeit nicht schaffen und wurden wieder zurückgeschickt. Aber dann wurde 1942 das Gesetz geändert, weil der Nachschub an Arbeiterinnen knapp wurde.«

»*Nachschub*«, unterbrach Frau Schmidt.

»Wir reden über Menschen, Christina, nicht über Waren.«

»Durften die Frauen nach 1942 denn verhüten?« fragte Steffie.

»Nein, durften sie nicht«, sagte Christina.

»Aber sie wurden nicht mehr nach Hause geschickt, sondern mussten ihre Kinder auf den Höfen bekommen oder in speziellen Einrichtungen für Fremdarbeiterinnen.«

»Durften sie nicht ins Krankenhaus?«

Melanie war entsetzt.

»Niemand ging früher zur Geburt in ein Krankenhaus, wenn es kein Notfall war«, warf die Lehrerin ein.

»Die Kosten dafür hat die Krankenkasse erst ab 1960 übernommen. Es war üblich, zu Hause zu entbinden.«

Christina fuhr fort:

»Die Hilfe einer Hebamme war erlaubt, aber sie durfte nur bei der Geburt helfen und den Frauen keine Schmerzmittel geben oder sonst etwas für sie tun. Dabei sind viele gestorben, weil die Ärzte nicht verpflichtet waren, ihnen zu helfen, wenn mal etwas schiefging. Und die Frauen hatten ja auch gar kein Geld, um den Arzt zu bezahlen.«

»Haben denn alle Hebammen das mitgemacht?«

Judith konnte das gar nicht glauben.

»Die meisten von ihnen haben den Fremdarbeiterinnen geholfen, ihnen trotzdem Schmerzmittel gegeben und dafür gesorgt, dass sie nach der Geburt nicht gleich wieder aufstehen und Stallarbeit machen mussten. Viele Bäuerinnen haben auch getan, was die Hebammen ihnen sagten. Nicht alle waren herzlos oder fanatische Nazissen.«

»Keine Rosen?« warf jemand ein.

Unerwartet fingen alle an zu lachen. Frau Schmidt wartete, bis wieder Ruhe einkehrte.

»Weiß jemand, was eine Nazisse ist? Niemand? Nun, eine Nazisse ist eine abwertende Bezeichnung für eine Nationalsozialistin.

Woher kennst du das Wort, Christina?«

»Aus einem Buch über Sophie Scholl.«

Frau Schmidt überlegte.

»Wenn wir gut mit dem Stoff durchkommen, werden wir uns einen Film dazu ansehen und darüber sprechen.«

Judith wechselte einen Blick mit Melanie. Bedeutete das, dass Herr Hohmann für längere Zeit ausfiel? Es wäre *zu* schön, dachte sie.

»War es gefährlich für die Hebammen, den Fremdarbeiterinnen zu helfen?« fragte jemand aus der hinteren Ecke.

Judith drehte sich um.

Tatsächlich, Bodo meldete sich zu Wort.

Bei Herrn Hohmann sagte er nie etwas.

»Ganz harmlos war es wohl nicht. Wenn jemand sie anzeigte,

konnten sie gesperrt werden, das heißt, sie durften einen bestimmten Zeitraum nicht praktizieren und haben dann auch kein Geld verdient. Manche wurden auch nach Osteuropa strafversetzt. Das konnte auch den Bauern passieren, wenn sie in einem Dorf lebten, wo es der Bürgermeister sehr genau mit den Richtlinien der Nazis nahm.«

»Wie ging denn so etwas vor sich?«

»Es genügte manchmal schon, dass eine Anzeige vorlag, auch wenn das gar nicht stimmte. Wenn ein Bauer nicht in der Partei war, wurde er schon komisch angeguckt, und wenn es dann noch hieß, er hätte 'was gemacht, was den Nazis nicht passt, dann kam er auf eine schwarze Liste, sie haben ihm sein Land weggenommen, und dann wurde er nach Osteuropa geschickt. *Bollwerk gegen den Kommunismus*, oder wie die Aktion gerade hieß ...«

»Und was wurde aus den Kindern? Von den Arbeiterinnen, meine ich. Hat man die am Leben gelassen?«

Judith zuckte zusammen, als Steffie diese Frage stellte.

›Aber‹, überlegte sie, ›unter dem NS-Regime war alles möglich.‹

»So viel ich weiß, ja. Jedenfalls wenn sie auf den Höfen geboren wurden. Es gab ja in vielen Landkreisen auch Einrichtungen, wo die Frauen hingeschickt wurden, um ihre Kinder zu bekommen. Dort hat man sie ihnen wohl weggenommen. Deswegen haben sie lieber auf ihrer Arbeitsstelle ihr Kind bekommen. Oft durften sie auf den Höfen bei ihren Müttern bleiben und sind nach dem Krieg wieder nach Hause gekommen. Wenn die Mütter nicht mehr lebten oder der Bauer nicht wollte, dass das Kind auf dem Hof bleibt, kam es in ein deutsches Waisenhaus. War das Kind blond und helläugig, wurde der slawische Name eingedeutscht und das Kind als deutsch registriert. Manche wurden dann auch adoptiert. Deshalb war es auch so schwierig für die Frauen, ihre Kinder nach dem Krieg wiederzufinden.«

»Kannst du mal ein Beispiel für so eine Namensgeschichte geben?«

Selbst Andrea war diesmal bei der Sache.

Christina suchte den Zettel, auf dem sie einen Namen notiert hatte.

»Ja, warte mal, ich hab' hier was. Also: eine Frau heißt zum Beispiel Danuta Markiewicz und bekommt eine Tochter, die sie Alina nennt. Im Kinderheim bekam sie dann einen ähnlichen Namen, z. B. Helene Markwitt. Der Name kam dann auch in ihre Papiere, und wenn sie ganz klein war, kannte sie ihren anderen Namen gar nicht mehr. Unter *den* Bedingungen nach Jahren ein Kind wiederzufinden, ist die reinste Detektivarbeit gewesen und hat wohl in den wenigsten Fällen hingehauen.«

Judith nagte auf ihrer Unterlippe. Ein ungeheuerlicher Verdacht stieg in ihr hoch. Konnte ihre Großmutter, Maria Darsch, als Marysia Dariusz auf die Welt gekommen sein? War ihre Urgroßmutter eine polnische Fremdarbeiterin gewesen, der genau das passiert war?

Judith sprang auf und rannte hinaus, um sich nicht vor der Klasse zu übergeben. Sie schaffte es gerade noch bis zur Toilette.

»Soll ich deine Mutter anrufen, damit sie dich abholt?« fragte die Schulsekretärin.

Judith richtete sich auf. Ihr war noch etwas schwindlig, aber sie war entschlossen, das Sanitätszimmer allein zu verlassen.

»Nicht nötig, Frau März. Es geht schon wieder.«

»Wirklich?«

»Aber ja. Ich fahre mit dem Bus.«

»Und wenn dir wieder schlecht wird?«

Ganz überzeugt war Frau März noch nicht.

»Ich glaube nicht. Außerdem fahren meine Freundinnen mit dem gleichen Bus. Die Steffie würde mich dann von der

Haltestelle nach Hause bringen und dableiben, bis meine Mutter kommt.«

»Na gut, wenn du meinst.«

Frau März sah nicht begeistert aus.

Judith seufzte lautlos. Wie alt musste sie noch werden, um nicht mehr wie ein kleines Kind behandelt zu werden?

»Mir fehlt wirklich nichts. Danke, dass Sie sich so um mich sorgen.«

Sie griff nach ihrer Schultasche und verließ das Gebäude.

Als sie sicher war, dass Frau März sie nicht mehr sehen konnte, begann sie zu rennen.

Der Bus stand schon an der Haltestelle und blinkte nach links.

›Nicht schon wieder!‹

Judith winkte dem Busfahrer, der gerade die Parkbucht verlassen wollte.

Der Bus hielt an, die Tür öffnete sich.

»Danke«, brachte Judith etwas atemlos hervor.

»Das nächste Mal musst dich halt beeilen«, brummte der Fahrer.

»Ich kann nicht jedesmal warten, bis ihr mal in die Hufe kommt.«

Judith kümmerte sich nicht weiter um das Genörgel.

Hauptsache, sie hatte nicht wieder den Bus verpasst.

»Na, geht's wieder?«

Melanie nahm ihre Schultasche vom Sitz und rutschte ein Stück.

Judith setzte sich neben die Freundin, sagte aber nichts.

»Mach dir nichts draus«, sagte Steffie, die hinter ihr saß.

»Mir ist auch schon mal in der Stunde schlecht geworden, und bei dem, was Tine erzählt hat, kann's einen echt gruseln.«

»Woher weiß die Schmidt das eigentlich mit der Schlägerei? Die geht doch nicht mehr ins ›Bomb‹, doch nicht mit 40.«

»Ihr Mann ist bei der Polizei. Wahrscheinlich zeigt er ihr nach so einem Einsatz immer die Fotos, dann kann sie mit ihren Klassen über so was reden.«

»Komisch«, sagte Melanie nachdenklich, »ich hab' die Frau immer für 'ne totale Schlaftablette gehalten. In Mathe wach zu bleiben, ist echt 'n Problem. Aber die ist ja echt cool, gar kein Vergleich mit dem Hohmann.«

»Was hat deine Mutter eigentlich zu der Fünf in Geschichte gesagt, Steffie?« fragte Judith.

»Hör bloß auf. Die hat da 'nen Staatsakt draus gemacht, bloß wegen so 'nem Scheißtest. Dabei wissen wir alle, dass beim Hohmann nur seine Lieblinge gute Noten haben. Sie ist voll ausgerastet und hat gedroht, mich in die Hauptschule zu stecken, wenn das noch mal vorkommt. Und deine?«

»Die hat im Moment andere Sachen im Kopf. Ihr wisst doch ...«

»Tut mir leid«, sagte Steffie, »da habe ich gar nicht dran gedacht.«

»Macht doch nichts. In der letzten Zeit war es zu Hause nicht zum Aushalten, und dann auch noch ständig Stress mit Nicole ... na ja, ihr kennt sie ja. Ich bin froh, wenn das alles vorbei ist und Mama und ich allein sind.«

»Mit anderen Worten: die einzige in der Familie, die echt leidet, ist deine Mutter.«

»Kannst du laut sagen. Sie hört nicht richtig zu, wenn ich 'was sage, sie hat wieder angefangen zu rauchen, sie heult ständig, und bei jeder Kleinigkeit tickt sie aus. Freitag hab' ich mal zurückgeschrien, aber richtig. Seitdem geht es wieder halbwegs. Ich hab' mein Fett weg, jetzt können sich Else und Hohmann mal warm anziehen. Morgen geht sie in die Sprechstunde zum Elsenbach und macht ihn fertig.«

»Cool«, sagte Steffie.

»Kann sie meine Mutter nicht gleich mitnehmen? Die traut sich nie, den Lehrern mal die Meinung zu geigen.«

»Meine eigentlich auch nicht. Aber die ist so wütend auf den Elsenbach, das hält 'ne ganze Woche vor. Die Vier minus in Geschichte hat sie auch abgehakt. Der Hohmann wär 'n Blödmann, hat sie gesagt.«

»Dann hattet ihr am Wochenende ja richtig Stimmung zu Hause.«

»Kann man wohl sagen. Oh, ich muss aussteigen. Wir sehen uns morgen.«

»Ich komm' mit. Die paar Meter bis zur nächsten Haltestelle kann ich auch laufen.«

»Ciao, Mel.«

»Macht's gut, ihr beiden.«

Judith und Steffie winkten dem Bus hinterher und gingen langsam die Straße entlang.

»Ist etwas?« fragte Steffie.

»Wieso, was meinst du?«

»Ich hab' dich das vorhin nicht fragen wollen, wo die anderen dabei waren, aber dich beschäftigt doch 'was. Irgendwas, was nichts mit der Scheidung zu tun hat.«

»Dir kann man wohl nichts vormachen, oder?«

Steffie grinste.

»So schnell nicht. Dafür kennen wir uns zu lange.«

»Du hast recht. Es ist eine lange Geschichte, und ziemlich verworren. Das kriege ich zwischen zwei Haltestellen nicht auseinandergepuzzelt. Aber ich würd' schon gern mit dir drüber reden.«

Steffie überlegte.

»Wir könnten uns heute abend treffen und quatschen. Du kannst ja mal wieder bei uns übernachten, haben wir ewig lange nicht gemacht. Meine Mutter hat eh Spätschicht.«

»Das wäre toll. Weißt du was? Wir machen uns oben 'was zu essen und unsere Aufgaben« – sie verzog das Gesicht – »und dann packe ich mir 'n paar Klamotten für morgen ein, und wir fahren zu dir.«

Sie wühlte in ihrer Schultasche nach dem Hausschlüssel.

Steffie schüttelte nur den Kopf.

»Ich möchte einmal erleben, dass du auf Anhieb den Schlüssel findest.«

»In diesem Leben nicht mehr«, seufzte Judith.

Natürlich fand sie ihn doch.

Marianne war nicht da. Judith hatte das auch nicht erwartet, schließlich war es erst halb zwei.

»Lass mal sehen, was der Kühlschrank so hergibt.«

Auf dem Küchentisch lag ein Zettel:

Liebe Judith,
das Essen steht auf dem Herd. Brauchst du dir bloß warm zu machen.

Ich bin in Norddeutschland, warum, erkläre ich dir später. Warte nicht auf mich, ich werde erst spät in der Nacht zurück sein.

Gruß,
Marianne

»Jetzt spinnt sie total«, war Judiths einziger Kommentar, bevor sie die Nachricht zerknüllte und in den Mülleimer warf.

»Habt ihr Freunde in Hamburg?« fragte Steffie.

»Hast du mir nie erzählt.«

»Ach Quatsch. Jede Wette, dass sie mit Thomas auf Tour ist.«

»Aber auf dem Zettel steht doch was von Norddeutschland.«

Judith stöhnte.

»Lesen kann ich auch. Aber Mama ist es peinlich, zuzugeben, dass sie ihm nachläuft. Sonntag hat sie mir erzählt, sie müsse zum

Friedhof, Blumen gießen. Dabei hat es draußen in Strömen geregnet. Die muss mich echt für sehr blöd halten. Aber was die kann, das kann ich schon lange.«

Sie wühlte in ihrer Schultasche, bis sie einen halbwegs sauberen Zettel fand.

Steffie sah ihr über die Schulter, während sie schrieb:

Liebe Mama,

ich hoffe, du hast einen schönen Tag. Ich bin bei Steffie und werde auch bei ihr übernachten.

Bis morgen,

Judith

»So. Und jetzt bin ich mal gespannt, was für eine Geschichte sie mir morgen auftischt.«

»Ich mach' mal rasch das Essen warm. Wäre ja schade drum.«

»Gute Idee. Und dann gehen wir zu dir und machen uns einen schönen Tag.«

Judith hatte geglaubt, kein Wort hervorzubringen. Aber nachdem sie erst einmal angefangen hatte, erzählte sie alles, von ihrem unbekannten Vater bis zu ihrem Fund im Stammbuch der Familie.

»… und da habe ich mir überlegt, ob zwischen der Geschichte mit den Fremdarbeiterinnen und meiner Urgroßmutter ein Zusammenhang besteht«, sagte Judith gerade.

Jemand klopfte an die Tür.

»Steffie? Ist Judith bei dir?«

»Ja. Warum?«

»Ihre Mutter ist am Telefon.«

Judith erhob sich von ihrem Kissen und öffnete die Tür.

»Hallo, Werner.«

»Hallo, Judith. Beeil dich, deine Mutter sagt, es sei ein Ferngespräch. Sie steht wohl in einer Telefonzelle am Bahnhof.«

»Alles klar.«

Judith griff nach dem Hörer.

»Hallo, Mama. Woher weißt du, dass ich hier bin?«

»Zu Hause hat niemand abgenommen. Also hab ich gedacht, probiere ich es mal bei Steffie.«

»Wo steckst du?«

»In Bad Bramstedt. Hör zu, ich kann doch erst morgen kommen, vielleicht sogar erst übermorgen. Meinst du, du kannst solange bei Stephanie bleiben?«

»Was treibst du in Bad Bramstedt?«

Judith hatte noch nie von diesem Ort gehört.

»Ich musste zum Amtsgericht.«

»Ist etwas passiert?«

»Haben wir uns nicht erst gestern gewünscht, wir würden in eine andere Stadt gehen und da von vorn anfangen?«

»Ja ...«

»Willst du das immer noch?«

»Warum fragst du?«

»Weil sich dein Wunsch anscheinend eher erfüllt, als wir beide gedacht hätten.«

»Was ist denn ...«

Das Besetztzeichen ertönte. Die Verbindung war unterbrochen.

Marianne blieb über eine Woche weg.

Judith blieb solange bei Steffie. Es hätte ihr nichts ausgemacht, in der Zeit allein zu bleiben, aber Steffies Mutter bestand darauf, zu Mariannes großer Erleichterung.

»Ich bin froh, dass sich jemand um dich kümmert«, sagte sie bei einem ihrer abendlichen Anrufe. Sie wirkte verändert, Judith spürte es über die Entfernung hinweg. Noch immer wusste sie nicht, was Marianne in Norddeutschland wollte, aber es schien doch nichts mit Thomas zu tun zu haben. Sie hatte sich anscheinend geirrt. Es sei denn …

Judith schüttelte den Kopf. Es war sinnlos, wilde Vermutungen aufzustellen.

Die Woche ging schnell vorbei. Zum ersten Mal seit langem konzentrierte Judith sich wieder auf die Schule. Sie würde das Schuljahr vermutlich nicht schaffen, aber dieses Wissen machte sie unempfindlich gegen die boshaften Bemerkungen von Dr. Elsenbach. Das Leben bestand zum Glück nicht nur aus Naturwissenschaften.

Sie übernahm freiwillig ein Referat im Deutschunterricht, ließ sich von Steffies Bruder die Potenzrechnung erklären und schaffte eine Drei in der Englischarbeit.

Am Sonntag wurde in der Altstadt eine Rollschuhbahn eingeweiht, und einer der Sportlehrer schlug am Freitag vor, mit der neunten und zehnten Klasse hinzugehen und die Bahn auszuprobieren. Judith, Steffie und Melanie hatten viel Spaß und noch mehr blaue Flecken.

Und noch immer keine Erklärung von Marianne.

»Wann kommt deine Mutter eigentlich wieder, Judith?« fragte Steffies Mutter beiläufig.

»Keine Ahnung.«

»Wo ist sie überhaupt?«

»In Norddeutschland.«

»So so. Und was hat sie da so Wichtiges zu tun?«

Judith hob die Schultern.

»Hat sie es dir nicht gesagt?«

»Nein.«

»Einfach so eine Woche wegzubleiben, na, das ist schon ein starkes Stück …«

Eigentlich fand Judith das auch. Aber das gab Steffies Mutter noch lange nicht das Recht, sich abfällig zu äußern.

»Und dann die Verantwortung für dich anderen Leuten zu überlassen ...«

Jetzt reichte es.

»Es tut mir leid, wenn ich Ihre Gastfreundschaft strapaziere«, sagte Judith kurz.

»*Sie* hatten angeboten, dass ich hierbleiben kann. Ich hätte mich nicht aufgedrängt, ganz bestimmt nicht.«

Steffies Mutter schien verärgert.

»Man sieht doch, dass du ein Scheidungskind bist. Früher warst du nicht so ungezogen.«

Judith drehte sich um und ließ sie stehen.

Steffie überraschte sie fünf Minuten später beim Packen.

»Wo willst du hin?«

»Nach Hause. Da falle ich wenigstens niemandem lästig. Deine Mutter kann uns dann ja eine Rechnung schicken für Essen und Wäsche.«

»Ach komm. Du weißt doch, wie Mama sich manchmal aufführt. Wahrscheinlich wird man so, wenn man zwölf Jahre nur zu Hause war und sich dann mit 'nem Scheißjob abfinden muss. Du nimmst das doch nicht ernst?«

»Seit Thomas ausgezogen ist, führen sich alle so komisch auf, nicht nur deine Mutter. Als ob ich plötzlich 'ne ansteckende Krankheit hätte oder so. Das muss ich heute echt nicht haben. Ich fahr' nach Hause. Irgendwann muss Marianne ja mal auftauchen.«

»Ich bring' dich zum Bus.«

»Besten Dank«, sagte Judith unfreundlich.

»Ich möchte jetzt lieber allein sein.«

Sie schulterte ihren Rucksack.

»Leg' dich doch gehackt mitsamt deiner tollen *heilen Familie* und lass mich in Ruhe!«

Steffie sah aus, als würde sie gleich losheulen, und Judith tat ihre Unfreundlichkeit schon leid. Sie wollte ihre Freundin in den

Arm nehmen, sagen, dass sie es nicht so gemeint hatte – in diesem Moment kam Steffies Mutter ins Zimmer. Judith ging, ohne sich bei Steffie zu entschuldigen.

Am nächsten Morgen erwachte sie mit einem riesigen schlechten Gewissen.

Ihr Ärger war längst verraucht, und sie hatte für nichts eine gute Freundin gekränkt.

Steffie hatte sicherlich genau wie sie eine schlaflose Nacht verbracht und sich vermutlich auch noch heftig mit ihrer Mutter gestritten.

Judith warf einen Blick auf die Uhr. Viertel nach sechs. So früh war sie noch nie aufgestanden. Sie hatte sogar noch Zeit, ihre Haare zu waschen.

Im Flur roch es nach frischen Brötchen.

Marianne schien zurück zu sein.

Judith beschloss, erst zu frühstücken und dann zu duschen.

»Mama, bist du das?«

»Nein, der Osterhase.«

Judith hatte keine Lust, einen so blöden Spruch mit einem noch blöderen zu beantworten.

»Du bist wieder da.«

»Scheint so.«

Marianne sah aus, als hätte sie seit drei Nächten weder geschlafen noch gegessen.

Der Tisch war reichlich gedeckt, aber Marianne hatte nur für Judith einen Teller aufgelegt. Sie selbst saß vor einem vollen Aschenbecher und hatte eine Kaffeetasse in der Hand. Sie schien die halbe Nacht mit Kaffee und Zigaretten in der Küche zugebracht zu haben.

Judith brühte sich einen Tee auf und schmierte sich in aller Ruhe ein Brötchen.

Marianne sagte nichts. Genauso gut hätte sie Zeitung lesen können.

Bis auf das Ticken der Uhr war es vollkommen still.

»Judith?«

»Hm?«

»Hat Thomas sich hören lassen, während ich weg war?«

Judith stutzte. Entweder hatte sich Marianne wirklich nicht mit Thomas getroffen, oder es war ein besonders schlaues Ablenkungsmanöver.

»Nein. Sollte er?«

»Das Ultimatum läuft ab«, sagte Marianne.

»Ich hätte ihm zugetraut, dass er mich noch einmal an die Alternative erinnert – Nicole und guter Unterhalt oder keine Wohnung und jahrelange Prozesse um Geld. Er hatte mir eine Woche Bedenkzeit gegeben.«

»Ach so, ja«, sagte Judith leicht boshaft, »du hattest ihn ja auf dem Friedhof getroffen.«

»Friedhof?«

Marianne sah sie verständnislos an, dann begriff sie.

»Judith ...«

»Vergiss es einfach, okay? Was war jetzt mit Thomas? Du willst doch nicht etwa klein beigeben.«

»Ich *denke* nicht einmal daran.«

»Ich fasse es nicht. Sag' bloß, du kommst zur Vernunft.«

»Das auch. Ganz nebenbei auch noch zu einem neuen Haus, einem neuen Job und ein bisschen Geld. Wir können es weiß Gott gebrauchen.«

Judith sah ihre Mutter zweifelnd an.

Trank Marianne seit neuestem?

Oder hatte sie schon einen neuen Freund?

Marianne schien ihre Gedanken zu erraten.

»Du brauchst gar nicht so zu gucken. Montag, als du in der

Schule warst, kam ein Einschreiben von einem Notar. Ich solle mich so schnell wie möglich mit ihm in Verbindung setzen wegen einer Erbschaft.«

»Und was hast du geerbt?«

Marianne grinste.

»Einen Resthof in Schleswig-Holstein.«

Das Friedensangebot kam von Steffie. Als wäre nichts gewesen, legte sie den Arm um Judith und sagte:

»Mein Geburtstag fällt dieses Jahr auf Himmelfahrt. Ich werd' 'reinfeiern, mit 'ner Riesenparty. Du hilfst mir doch bei den Vorbereitungen?«

»Nein.«

»Was soll das denn? Bist du noch sauer auf mich?«

»Bin ich nicht. Aber Pfingsten werde ich nicht mehr hier sein.«

»Du fährst weg? Davon hast du mir gar nichts erzählt.«

»Ich fahre nicht weg. Wir ziehen um.«

»Wieso habt ihr so schnell 'ne neue Wohnung? Ich denk', deine Mutter war in Hamburg.«

»Eben. Marianne hat geerbt.«

»Meinen Glühwurm!« freute sich Steffie.

»Da trifft's doch tatsächlich mal die Richtigen.«

»Na ja«, schränkte Judith ein, »dafür werden wir aber nach Norddeutschland ziehen müssen.«

»Oh!«

Steffie schluckte.

»Wann?«

»So bald wie möglich. Ich soll gleich nach den Osterferien in die neue Schule kommen.«

»Schon! Die Ferien fangen doch schon nächste Woche an. Wo soll's denn hingehen?«

»Vosshagen-Ekenrund.«

»Aha. Und wo liegt das?«

»Zwischen Bad Bramstedt und Bad Segeberg.«

»Sehr witzig. Hab' ich noch nie von gehört.«

»Mach dir nichts draus – ich vorher auch nicht.«

»Bad Segeberg?« sagte Melanie, die gerade um die Ecke kam.

»Mein Onkel war da mal zur Kur.«

»Ach!« sagte Steffie.

»Gibt es eigentlich einen Ort auf der ganzen Welt, wo dein Onkel noch nicht zur Kur war?«

»He, Mädels, es hat zum zweiten Mal geklingelt. Wir haben gleich Physik.«

»Scheiß auf Physik«, sagte Steffie.

»Scheiß auf Elsenbach«, sagte Judith.

»Wir haben was Wichtiges zu besprechen.«

Melanies Neugierde war geweckt.

»So wichtig, dass ihr Stress mit Else riskiert?«

»Ja«, sagte Steffie.

»Nein«, sagte Judith.

»Mir kann er nichts mehr. Aber du solltest an deine Physiknote denken.«

Steffie zog eine Grimasse.

»Schon gut, schon gut.«

Die Physikstunde war so öde und unverständlich wie immer. Dr. Elsenbach schien es gleichgültig zu sein, ob die 9c den Stoff verstand oder nicht. Bodo zupfte aus purer Langeweile so lange an Judiths Zopf, bis sie sich umdrehte und ihm das Physikheft um die Ohren schlug.

»Pfoten weg, du Arsch!«

»Judith!«

Dr. Elsenbach hob kaum die Stimme, aber im Physiksaal wurde es schlagartig still.

Er musterte Judith mit zusammengekniffenen Augen, und die Klasse wartete auf das Donnerwetter.

Noch vor einer Woche wäre Judith im Boden versunken.

Dieses Mal hob sie den Kopf und sah ihm ins Gesicht. Es war ihre letzte Physikstunde in der Städtischen Realschule.

»Ja, Herr Dr. Elsenbach?«

Sie saß kerzengerade, ihre Stimme war klar und ruhig. Einige Mitschülerinnen warfen ihr verblüffte Blicke zu.

»Ich werde mit deiner Mutter sprechen müssen. Weder deine Leistungen noch dein Verhalten entsprechen dem Niveau der Realschule. Wenn du nach Ostern in die Gesamtschule wechselst, hast du noch die Möglichkeit, den *Qualifizierten Hauptschulabschluss* zu schaffen. Da werden sie mit deinen Störungen auch eher fertig, schließlich sind die Lehrer auf derartige Probleme vorbereitet ...«

Noch vor zwei Wochen hätte Judith spätestens jetzt geheult. Dr. Elsenbach schien darauf zu warten. Doch Judith tat ihm den Gefallen nicht.

»Was für Probleme meinen Sie denn?«

»Scheidungskinder sind ja allgemein etwas schwierig. Wenn die Pubertät dazukommt, tja tja ...«

»Verstehe ich Sie richtig? Weil meine Mutter Pech mit 'nem Typen gehabt hat, soll ich von der Schule fliegen? Was ist denn für 'ne Logik? Wenn das für Sie ein Grund ist, müssten Sie die halbe Klasse rausschmeißen.«

Dr. Elsenbach verschlug es einen Augenblick lang die Sprache. Dann zückte er seinen Kugelschreiber.

»Für diese Frechheit wirst du einen Verweis erhalten.«

»Mehr fällt Ihnen dazu nicht ein? Das ist aber mager.«

»Mit Unverschämtheit allein schaffst du die Mittlere Reife nie.«

»Das ist eben der Unterschied zwischen uns beiden. Wenn

ich was sage, bin ich unverschämt und kriege 'ne satte Strafarbeit und 'nen Verweis. Wenn Sie uns fertigmachen, passiert überhaupt nichts, weil Sie 'n kleiner Diktator sind, der sich für Gott hält und Generationen von Schulklassen durch die Prüfung fallen lässt, und deshalb traut sich niemand, den Mund aufzutun, egal, was Sie gerade abziehen.

Sie sind für mich das Letzte!«

Dr. Elsenbach lief rot an. Seine Augen wurden groß, und Judith hätte sich nicht gewundert, wenn er begonnen hätte, zu sabbern. Er sah aus, als stünde er unmittelbar vor einem Schlaganfall.

»Das wirst du bereuen, Judith Wagner«, krächzte er.

»Ich schwöre dir, das wirst du bereuen.«

»Na, im Moment sind Sie es doch, der nicht weiter weiß«, sagte Judith trocken.

Bodo und Hansi prusteten los.

»Ruhe! Wenn da hinten nicht sofort Ruhe ist, bekommt ihr eine Strafarbeit und eine Fünf.«

»Nur zu«, rief Bodo, »ich bleibe doch eh sitzen. Wenn ich nicht an Ihnen scheitere, dann an Herrn Hohmann.«

Die hintere Bankreihe trommelte Beifall.

»Ich werde euch beim Direktor melden.«

»Ohhh! Werden Sie allein mit uns nicht fertig? Ich denke, Sie waren so'n zackiger Typ bei der Bundeswehr – haben Sie doch immer erzählt.«

Dr. Elsenbach griff nach seiner Tasche und packte hastig seine Bücher ein.

»Gute Reise«, bemerkte Judith.

»Grüßen Sie den Direktor.«

Bereits an der Tür, drehte sich Dr. Elsenbach noch einmal um.

»Ostern bist du nicht mehr an dieser Schule – das gebe ich dir schriftlich.«

»Ihr Wort genügt mir«, sagte Judith freundlich.

Dr. Elsenbach zwinkerte nervös, schüttelte den Kopf und verließ den Klassenraum.

Melanie war schockiert.

»Wie konntest du so etwas tun? Bist du verrückt geworden?«

»Ich wäre verrückt geworden, wenn ich *nicht* die Chance gehabt hätte, ihm mal die Meinung zu sagen.«

»Chance – so 'n Blödsinn. Deine Chancen hast du dir gerade verbaut, und anscheinend bist du auch noch stolz drauf!«

Sie griff Judith am Arm und schüttelte sie.

»Du – fliegst – von – der – Schule. Kapierst du das nicht? Else sorgt dafür, dass du 'rausfliegst. Und wenn nicht, lässt er dich durchfallen. Und wofür?«

»Daraus wird wohl nichts. Marianne hat schon heute morgen um acht die Abmeldung unterschrieben.«

»Du gehst von der Schule ab?«

»Das wollte ich euch ja gerade erklären. Leider kam die Physikstunde dazwischen.«

»Noch mal von vorn.«

Tine und Andrea setzten sich neben Melanie auf den Tisch.

»Hattest du diesen Auftritt geplant oder so?«

»Nein.«

»Aber da wusstest schon, dass du von der Schule abgehst?« hakte Andrea nach.

»Was soll das, so kurz vor Ostern? Ohne *Quali* kriegst du nicht mal 'ne Lehrstelle.«

Judith wiederholte die spärlichen Auskünfte, die sie von Marianne erhalten hatte.

»Irgend so 'n entfernter Onkel oder Cousin von meiner Mutter, ich glaube der Neffe von Uropa Otti, ist gestorben und hat alles meiner Mutter hinterlassen. Deswegen war sie 'ne Woche in Norddeutschland. Sie musste zum Amtsgericht in Bad Sonstwas und da so einiges klären.«

»Und nun zieht ihr weg hier? Wohin denn?«

»In die Nähe von Hamburg.«

»Zu den Fischköppen? Du Arme!«

Andrea war entsetzt.

»Was ist denn so schlimm daran?« fragte Judith erstaunt.

»Du warst wohl noch nie in Norddeutschland?« fragte Andrea.

»Nö«, sagte Judith, »aber das wird sich jetzt ja ändern.«

»Na ja«, sagte Andrea, »du wirst schon sehen. Die Leute da oben sind halt komisch, die reden nicht viel, sind kühl und abweisend, und wenn du Freundschaften schließen willst, musst du erst zehn Jahre da wohnen, bevor sie dir überhaupt die Uhrzeit sagen.«

Judith sah sie ungläubig an.

»Ja«, sagte Melanie, »das ist so, das habe ich schon oft von Leuten gehört, die eine Weile oben gelebt haben und dann wieder an den Rhein gezogen sind, weil sie sich im Norden so allein gefühlt haben.«

»Äh …«, Judith verzog wenig begeistert das Gesicht.

Tine lenkte hastig ab.

»Wann geht's denn los?«

»Freitag schon. Gleich nach Ostern soll ich da in die Schule.«

»Du wirst uns fehlen«, sagte Tine.

Melanie schniefte.

»Scheiße, ich wollte doch nicht heulen.«

Jetzt weinte auch Steffie.

Judith wurde plötzlich flau im Magen.

Die Französischlehrerin fand die dritte Bankreihe in Tränen aufgelöst.

Anscheinend hatte sich Judiths Auftritt im Physikunterricht schon im Kollegium herumgesprochen, denn Frau Marini sagte:

»Falls du in deiner neuen Schule wieder Probleme mit einem Lehrer hast, dann merk dir folgendes: du kannst jedem Menschen mangelnde soziale Intelligenz vorwerfen, aber bitte nicht den Leuten, auf die es zutrifft. Und jetzt hört auf zu heulen.«

Judith schrieb Tine einen Zettel und schob ihn über den Tisch.

Eins ist komisch, las Tine, *wieso zeigt sich diese Scheißschule erst von ihrer guten Seite, kurz bevor ich weggehe?*

Darauf hatte Tine allerdings auch keine Antwort.

»Nimm nur mit, was du wirklich behalten willst«, mahnte Marianne, als sie die Kartons im Flur stehen sah.

»Was sollen wir uns mit Sachen belasten, die wir später sowieso verschenken oder wegwerfen würden. Soll sich Thomas doch drum kümmern, ist ja schließlich seine Wohnung. Und glaub mal ja nicht, daß ich die wackligen Küchenstühle vermissen werde.«

Judith grinste. Einerseits gönnte sie es Thomas, sich mit der Entsorgung von lästigem Hausrat abzuärgern, andererseits sah sie nicht ein, Thomas die schönen alten Sachen zu überlassen, die Marianne von ihrer Tante geerbt hatte. Und einen Großteil der Möbel hatte Marianne schließlich von ihrem kleinen Gehalt bezahlt.

»Du, mein Kinderzimmer ist wirklich schrottreif. Das kann Prinzessin Nicole mit Kusshand haben.«

Marianne lachte derart, dass sie fast in einen der Kartons gefallen wäre.

»Die alten Gartenmöbel auf dem Balkon, die lassen wir auch hier. Vielleicht bricht Oma damit zusammen.«

»Die alte Ziege. Vielleicht kracht sie gleich durch drei Balkons.«

»Bei der ollen Müller in den Vorgarten.«

»Schade um die blöden Kamelien.«

»Nee, aber um den Gartenstuhl.«

Marianne konnte kaum noch an sich halten. Judith hatte ihre Mutter lange nicht mehr so lustig erlebt.

»Aber der schöne Spiegel aus dem Flur, der von Tante Carola, den sollten wir mitnehmen. So 'was gibt es gar nicht mehr zu kaufen, das wäre wirklich schade.«

Marianne musste das zugeben.

»Und wie kriegen wir den transportiert?«

»Per Bahnfracht«, sagte Judith langsam.

»Ich dachte, das wäre geklärt.«

»Irgendwie müssen die Sachen ja auch zum Bahnhof kommen. Ich kriege doch gar nicht alles in mein Auto.«

»Ach, Mama. Das ist doch alles längst geregelt.«

»Wieso?«

Statt einer Antwort ertönte die Klingel.

»Wer kann das denn sein?«

»Unser Spediteur«, gab Judith trocken zurück, während sie den Summer drückte.

»Ich habe doch gar keinen bestellt …«

»Das macht nichts, wir kommen trotzdem. Guten Tag, Frau Weidemeyer.«

»Wagner-Weidemeyer«, sagte Marianne mechanisch.

»So viel Zeit muss sein.«

Offensichtlich hatte sie keine Ahnung, wer die drei Männer waren, die sich mit größter Selbstverständlichkeit in der Wohnung bewegten.

Judith verbiss sich das Lachen.

Steffies Brüder sahen in ihren Overalls wirklich wie echte Möbelleute aus.

»Was ist mit dem Sofa, Judith?«

»Hast du den Schreibtisch schon ausgeräumt?«

»Werner, hast du mal 'ne Plane für den Spiegel?«

»Frau Wagner-Weidemeyer, warum setzen Sie sich nicht nett

in die Küche, trinken einen Kaffee und lassen uns die Arbeit machen?«

Marianne war so verblüfft, dass sie widerspruchslos gehorchte.

Nach einer Weile kamen Judith und die Männer in die Küche.

»Vielleicht erklärst du mir das mal. Du hast 'ne Spedition beauftragt, ohne mich zu fragen!?«

»Das ist keine Spedition. Das sind Steffies Brüder. Kennst du denn den Werner nicht mehr?«

»Der kleine Werner?«

Zweifelnd sah Marianne zu dem jungen Mann auf, der sie lässig um zwei Köpfe überragte.

»Der kleine Werner«, erwiderte er grinsend.

»So, wir sind fertig. Wir bringen die Sachen jetzt für Sie zum Bahnhof und treffen uns da. Wäre besser, wenn Sie den Frachtschein selber unterschreiben ...«

Marianne wühlte in ihrem Portemonnaie, aber Werner winkte ab.

»Service des Hauses. Nicht, dass Sie denken, wir seien nur oberzickig.«

Er zwinkerte Judith zu, die knallrot wurde.

Marianne guckte etwas verwirrt.

»Hab' ich etwas nicht mitgekriegt?«

»Ach, nichts. Erzähl ich dir später.«

»Schön«, sagte Werner, »dann bis gleich. Wir sehen uns am Bahnhof.«

»Ja, bis gleich. Und vielen Dank.«

Marianne schloss hinter ihnen die Tür ab.

Den Schlüssel warf sie unten in den Briefkasten.

»Das war's dann wohl, Thomas«, sagte sie.

Hinter mehreren Fenstern im zweiten und dritten Stock bewegten sich die Gardinen.

»Einen schönen guten Tag, meine Damen«, rief Marianne nach oben.

Im Erdgeschoss ging ein Fenster auf.

»Ach, Frau Weidemeyer«, rief Frau Müller scheinheilig herüber, »ich habe *zufällig* gehört, Sie wollen uns verlassen ...«

»Alte Hexe«, murmelte Marianne.

Laut sagte sie:

«Aber wie kommen Sie denn da drauf? Nachbarinnen wie Sie und die anderen Damen verläßt man doch nicht so einfach ...«

»Nein?« flötete Frau Müller.

»Nein«, sagte Marianne.

»Man schickt sie dahin, wo der Pfeffer wächst.«

Sie nahm ihre Autoschlüssel aus der Tasche und wandte sich zum Gehen.

»Sie entschuldigen uns sicher. Wir haben noch eine lange Fahrt vor uns.«

2. KAPITEL

NEUBEGINN MIT HINDERNISSEN

Judith hatte sich eigentlich vorgenommen, während der Fahrt wach zu bleiben und die ersten Eindrücke ihrer neuen Heimat zu sammeln. Aber sie hatte vor Aufregung in der letzten Nacht kaum geschlafen, und im Auto wich die Anspannung. Kurz vor Dortmund schlief sie ein. Hinter Hannover wachte sie auf, weil Marianne die Scheibe heruntergekurbelt hatte und der frische Wind ihr übers Gesicht strich.

›Die Luft hier ist ganz anders als am Rhein‹, dachte sie noch.

Sekunden später war sie wieder eingeschlafen.

Sie erwachte dann von Lärm und Geräuschen, die sie nicht einordnen konnte. War das eben eine Schiffshupe?

Sie blinzelte kurz und versuchte sich zu erinnern, wo sie eigentlich war.

»Na, ausgeschlafen?« fragte Marianne.

Judith gähnte.

»Na ja, geht so. Ist es noch weit?«

»Nein. Vielleicht noch eine Stunde, wenn der Elbtunnel frei ist. Wir sind kurz vor Hamburg.«

Hamburg!

Jetzt war Judith hellwach. Abgesehen von einer Klassenfahrt nach Kassel war sie nie weiter als 10 km von zu Hause weg gewesen.

»Wow! Guck dir mal diese riesige Brücke an! Hast du so was schon mal gesehen?«

53

Marianne lachte.

»Ich war erst vor vierzehn Tagen hier, falls du dich daran erinnerst.

Das ist die Köhlbrandt-Brücke. Die haben sie erst vor 30 Jahren gebaut.«

»Da würd' ich gern mal 'rüberfahren.«

»Warum nicht? Du hast ja noch ein paar Tage Ferien.«

»Und du? Musst du nicht arbeiten?«

»Ich habe ja noch Urlaub. Muss erst ab Mai wieder arbeiten – wir haben echt mal Zeit füreinander.«

»Wie hast du so schnell 'ne Stelle gefunden?«

»Zeitarbeit. Wenn ich ein bisschen Glück habe, übernimmt mich 'ne Kundenfirma.«

Judith guckte ratlos.

Unter Zeitarbeit hatte sie sich nie etwas vorstellen können, und es hatte sie bisher auch nicht sonderlich interessiert.

Sie wollte gerade nachfragen, aber Marianne redete schon weiter.

»Wir können zusammen Hamburg und das Umland erkunden. Ist ja Wahnsinn, was es hier alles gibt. Ich habe schon mal ein paar Ideen gesammelt, was wir machen könnten. Hier gibt es ganz tolle Parks und Museen und Musicals, wir müssen unbedingt zu *Cats*, das Titellied kennst du doch aus dem Radio …«

Die sonst eher schweigsame Marianne redete wie ein Wasserfall. Judith kam gar nicht mehr hinterher.

»… und ins Alte Land müssen wir auch mal, da können wir auf dem Elbdeich laufen; die Obstblüte beginnt ja auch bald, wusstest du eigentlich, dass das Alte Land das größte Obstanbaugebiet von Europa ist?«

Nein, das hatte Judith nicht gewusst. Vom Alten Land hatte sie noch nie gehört.

»… und natürlich fahren wir am Wochenende ans Meer, bis

zur Ostsee ist es nur eine Stunde Fahrt, zur Nordsee ist es ein bisschen weiter, aber da können wir dann ja ein paar Tage bleiben, vielleicht Föhr oder Amrum, Tante Carola hat Amrum so geliebt und die anderen ostfriesischen Inseln ...«

»Nordfriesische Inseln«, sagte Judith.

»Föhr und Amrum sind nordfriesische Inseln.«

So viel hatte sie aus dem Erdkundeunterricht noch behalten.

Aber Marianne war schon beim nächsten Thema.

»Wir wohnen natürlich nicht in der Stadt, Hamburg ist viel zu teuer, und wir haben ja auch das Haus. Das ist viel ländlicher, das wird dir gefallen. Du wolltest doch immer eine Katze haben. Es tat mir immer so leid, dass das in der Etagenwohnung nicht ging. Aber jetzt können wir uns eine Katze anschaffen. Oder meinetwegen auch zwei. Und du könntest wieder zum Reiten gehen, wenn du das möchtest. Im Nachbardorf ist ein Pferdehof, die geben auch Reitstunden, und du brauchst da nicht mal ein eigenes Pferd ...«

Eine Antwort schien Marianne nicht zu erwarten, sie redete ununterbrochen. Judith sagte nur »oh ja!« oder »wirklich?« und versuchte, dem Gespräch einigermaßen zu folgen. In zwanzig Minuten hatte Marianne die nächsten zehn Jahre verplant, während Judith in Gedanken noch bei der Köhlbrandt-Brücke war, die im Rückspiegel immer kleiner wurde.

»Aber erst mal müssen wir ja richtig ankommen«, platzte Marianne in Judiths Gedanken.

»Das Haus einrichten. Gute Nachbarschaft halten. Freundschaften schließen. Wurzeln schlagen. Und irgendwann sind wir richtige Nordlichter und gehören dazu. Dann sind wir hier zu Hause. Wäre das nicht toll?«

Fischköpp hatte Andrea gesagt, und das war nicht nett gemeint. War das tatsächlich erst wenige Tage her?

»Cool«, sagte sie laut, und damit meinte sie nicht nur Mariannes neuen Job.

»Nicht wahr«, sagte Marianne.

»Bist du eigentlich arg aufgeregt?«

»Nicht sehr«, sagte Judith.

»Das kommt wohl erst, wenn wir da sind.«

»Wahrscheinlich«, sagte Marianne.

»Mir ging es auch so.«

Die Spur auf der Autobahn verengte sich, und Marianne musste sich auf den Verkehr konzentrieren. Judith betrachtete die Landschaft und die Häuser, die in hohem Tempo an ihr vorbeizogen. Eigentlich sah das auch nicht anders aus als zu Hause, nur dass das Land vollkommen flach war. *Norddeutsche Tiefebene.* Judith hatte diese Bezeichnung immer für einen Scherz gehalten. Irgendwie war sie enttäuscht. Sie hatte halb und halb erwartet, zumindest in der ländlicheren Gegend die kleinen friesischen Häuser zu sehen, wie sie Tante Carola auf Amrum fotografiert hatte. Im Großraum Hannover hatte sie noch ein Dorf im Vorharz mit den für die Gegend typischen Häusern gesehen, bevor sie wieder eingeschlafen war. Das hatte ihr gefallen. Sie war auch überrascht gewesen, wie viele Bäume eine Großstadt wie Hamburg hatte. Aber hier war noch fast Winter, kein Grün an den Bäumen. So fand sie die Gegend eher langweilig und die Weite ziemlich trostlos. Aber vielleicht war sie noch nicht weit genug im Norden. Judiths Geographie-Kenntnisse von Norddeutschland waren beschränkt, sie hatte keine große Vorstellung, wie weit Hamburg noch von der Küste entfernt war und wo genau es jetzt eigentlich hinging.

›Erst mal abwarten‹, sagte sie zu sich selbst.

›Wir sind ja noch gar nicht da.‹

Sie hatten Hamburg hinter sich gelassen, und noch immer schien die Fahrt kein Ende zu nehmen. Judith erhaschte einen Blick auf ein Schild mit der Aufschrift »Abfahrt Quickborn.«

»Müssen wir hier nicht langsam mal 'runter?«

»Nö, wieso?«

»Wir sind doch schon lange aus Hamburg 'raus.«

»Ich weiß.«

»Wo müssen wir denn ganz hin?«

Marianne zwinkerte ihr zu.

»Nach Vosshagen-Ekenrund.«

»Und das liegt zwischen Bad Segeberg und Bad Bramstedt.«

»Genau.«

Judith gab es auf.

Endlich setzte Marianne den Blinker und verließ die Autobahn.

Links ging es nach Bad Bramstedt, rechts nach Bad Segeberg.

Judith hatte irgendwie erwartet, durch Bad Bramstedt zu fahren. Aber Marianne lenkte den Wagen in die andere Richtung.

Dörfer und kleinere Ortschaften wechselten einander in rascher Folge ab. Hier war sie eindeutig auf dem Land. Und hier würde sie künftig zu Hause zu sein, ob mit oder ohne Friesenhäuser.

»Wir sind fast da«, sagte Marianne, die Judiths Blick richtig gedeutet hatte.

»Der nächste Ort ist Ellernbrook. Dort wirst du auch zur Schule gehen. Ich habe dich schon angemeldet.«

›Dann kann es ja nicht mehr weit sein bis nach Hause‹, dachte Judith.

Aber es folgten noch drei Ortsschilder.

»O-e-m-e-l-a-n-d«, buchstabierte Judith.

»Ulkige Namen haben die hier.«

Über *Klein Rüsternau* und *Juliusfelde-Vogelsang* lachte sie sich halbtot.

»Kein Grund, auszuflippen«, sagte Marianne.

»Wir sind gleich da. Da vorne fängt schon Vosshagen an.«

Vosshagen schien nur aus fünf Häusern und jeder Menge Koppeln zu bestehen. Auf der rechten Straßenseite tauchten drei Strohdachhäuser auf.

Marianne setzte den Blinker.

Judith hatte den kleinen Weg zuerst gar nicht gesehen und stellte erstaunt fest, dass es eine geteerte Straße war. Auf einem windschiefen Schild stand *Vosshagen-Ekenrund, Ortsteil Vossberg* und darunter *Vossberg 1 - 21.*

Marianne zählte halblaut die Hausnummern.

»1, 1a, 3, 5, 5a, 7, 7a ... «

Judith wäre geradeaus weitergefahren. Aber Marianne nahm eine scharfe Linkskurve.

»Sonst landen wir direkt bei Willy auf der Terrasse«, erklärte sie.

»Und gerade mit dem möchte ich keinen Ärger haben.«

»Und wer ist Willy?«

»Na, der Dorfpolizist, der für uns und drei weitere Ortschaften zuständig ist«, erwiderte Marianne in einem Tonfall, als hätte Judith das wissen müssen.

Judith stöhnte. Marianne war gerade mal eine Woche hiergewesen und tat so, als sei alles ganz selbstverständlich.

»Wo müssen wir denn hin?«

»Nur noch über die Brücke, dann haben wir es geschafft. Nummer Neunzehn ist unser Haus.«

Das letzte Stück kam ihr endlos vor.

Marianne hatte Judith nach ihrer Rückkehr viel von dem Haus und der Gegend erzählt und auch Fotos gezeigt. Trotzdem war Judith nicht auf den Anblick vorbereitet gewesen.

Sie starrte das große Strohdachhaus mit dem riesigen Garten an und brachte kein Wort heraus.

Marianne legte ihr den Arm um die Schulter.

»Willkommen zu Hause«, sagte sie leise.

Die Gartenpforte quietschte bedenklich, aber bis auf den Rost schien ihr nichts zu fehlen. Der Holzzaun stand auch nicht mehr ganz gerade und hatte vermutlich seit Jahren keinen Anstrich mehr gesehen. Die Gehwegplatten waren schief, an einigen Stellen wuchs das Gras durch die Fugen. Der Garten schien einmal sehr schön gewesen zu sein, war aber ziemlich verwildert. Nur die vielen Magnolienbäume, die in rosa, lila, weiß und gelb blühten, ließen erahnen, wie es früher ausgesehen haben mochte. Judith hätte sich den Garten gern genauer angesehen, schon wegen der versprochenen Haustiere, aber sie hatte ein eiligeres Problem.

»Hast du mal den Schlüssel? Ich muss ganz dringend aufs Klo.«

Marianne wühlte in ihrer Handtasche und suchte nach dem Schlüssel.

›Klar‹, dachte Judith, ›irgendwoher *muss* ich das ja haben …‹

»Bitte beeil dich, es ist wirklich dringend …«

Schließlich fand sie den Schlüssel und sperrte auf.

Judith warf nur einen kurzen Blick auf die Haustür (die verschnörkelten weißen Muster auf der hellblauen Tür würde sich sich später genauer ansehen) und rannte in den Flur.

»Weißt du, wo hier das Klo ist?«

»Hinten am Ende der Küche.«

Wer hatte denn schon das Klo hinter der Küche?

Judith hatte keine Zeit, darüber genauer nachzudenken, sie lief durch den endlosen Flur und durch die Küche in die Waschküche und zum WC.

›Puh, das war knapp‹, dachte sie.

Das Bad war alt. Die Toilette war anscheinend erneuert worden, aber die Fliesen schienen noch aus den 30-er Jahren zu sein. Die meisten ihrer Freundinnen hätten das als altmodisch abgelehnt, aber Judith fand das Design wesentlich schicker als die gräßlichen olivfarbenen Fliesen aus den 70-er Jahren in der alten Wohnung. Neben dem Waschbecken hingen frische Handtücher, eine neue Rolle Toilettenpapier lag auf der Ablage. Und das Bad war sauber, so als hätte jemand auf ihre Ankunft gewartet und geputzt.

Judith sah sich in der Waschküche um. Jetzt hatte sie ja Zeit, sich alles in Ruhe anzusehen. Auch dieser Raum war sauber, täuschte aber nicht darüber hinweg, dass hier seit Jahren nichts mehr gemacht worden war. In der Ecke stand eine Waschmaschine, die anscheinend nicht mehr funktionierte.

›Ein Glück, dass wir unsere Waschmaschine und den Trockner mitgenommen haben‹, dachte Judith.

Allerdings sahen die Kabel in der Waschküche aus, als müsste dringend mal ein Elektriker einen Blick darauf werfen.

Judith ging zurück in die Küche, wo Marianne schon auf sie wartete.

Eine so große Küche hatte Judith noch nie gesehen. Sie fühlte sich wie in einem Heimatmuseum mit den Tellerborden, einer uralten Küchenwaage, dem alten Kohleofen und dem Terrazzo-Fußboden.

»Ich hoffe nur, die haben hier auch eine richtige Heizung und nicht nur den Ofen«, sagte Marianne.

»Holzhacken ist nicht so mein Ding.«

Darüber wollte Judith lieber nicht nachdenken.

»Wir wollen uns ja sowieso erst mal alles hier angucken«, sagte sie.

»Vielleicht finden wir ja auch so was wie einen Wirtschaftsraum oder Heizungskeller.«

»Keller scheint das hier gar nicht zu geben«, sagte Marianne, »nur so 'nen kleinen Verschlag drei Stufen 'runter für Lebensmittel.«

»Kein Kühlschrank?« wunderte sich Judith, die tatsächlich in der Küche keinen Kühlschrank entdecken konnte.

»Macht doch nichts«, sagte Marianne, »wir haben unseren ja mitgenommen. Ist nicht mehr das neueste Modell, aber besser als nichts.«

Sie öffnete die große Glastür.

»Mal schauen, wo wir hier landen.«

Hinter der Küche gab es eine Terrasse, zum Teil sogar überdacht, die schon bessere Tage gesehen hatte. Die Gartenmöbel waren zusammengeschoben und mit einer Plane abgedeckt, ein paar einsame Blumenkübel standen dort herum (Judith kribbelte es in den Fingern, sie sauberzumachen und neu zu bepflanzen), die Regentonne sah aus, als hätte sie Schimmel angesetzt, und die Lamelle am Überdach hatte einen riesigen Riss. An der Wand Rankgitter für Clematis und andere Pflanzen. Im Sommer könnte das ein wunderschöner Ort sein. Marianne hasste Gartenarbeit. Judith beschloss, sich um den Garten und die Terrasse zu kümmern. Dann kam sie vielleicht um die ungeliebte Hausarbeit herum.

Von der Terrasse aus gab es einen Blick auf den hinteren Garten. Draußen war es noch einigermaßen hell. Judith warf einen Blick auf ihre Armbanduhr und wunderte sich. Zu Hause (›am Rhein‹ korrigierte sie sich in Gedanken) war es um diese Zeit schon fast dunkel. Konnte es sein, dass es im Norden abends länger hell war?

»Komm rein«, sagte Marianne, »ist doch ganz schön kalt, wenn man hier so steht.«

Judith verschob die Besichtigung des Gartens auf den nächsten Morgen. Im Haus gab es genug zu erkunden.

Der erste Teil erschien klein – der Vordereingang führte auf einen Flur, von dem auf der linken Seite drei Zimmer abgingen, alle mit Blick in den Garten. Das größte Zimmer war das Wohnzimmer, das anscheinend auch noch genutzt worden war.

»Sieht aus wie im Museum und riecht auch so«, sagte Judith.

»Ja schon, aber es ist sauber und ordentlich. Hier werden wir nur sonntags unseren Tee trinken und uns fühlen wie die Kaiserin von China.«

Eine Verbindungstür führte in einen ziemlich kalten Raum, dessen südliches Fenster auf den Bauerngarten hinausging und die westliche Glastür wieder auf den hinteren Garten. Die Seitentür führte wieder zurück in die Küche.

»Perfekt«, sagte Marianne, »das wäre doch das ideale Esszimmer, meinst du nicht auch?«

Judith nickte abwesend.

»Bevor wir auspacken, sollten wir wohl erst mal tapezieren«, meinte sie mit einem kritischen Blick auf die Wände.

»Neue Möbel brauchen wir auch. Einiges ist ja recht gut erhalten und sieht ja auch ganz nett aus, aber der Großteil kann auf den Speicher. Und wir haben auch nicht viel mitgenommen.«

»Lass uns doch erst mal richtig ankommen«, sagte Marianne friedlich.

»Wir haben doch alle Zeit der Welt.«

Judith wunderte sich. Geduld war normalerweise nicht Mariannes Stärke.

Wieder zurück auf dem Flur, betraten sie durch die andere Seitentür, die gegenüber von der Wohnzimmertür lag, eine kleine Wohnung mit drei Räumen, die ineinander übergingen, einen kleinen Flur mit einer separaten Eingangstür und einer rückwärtigen Tür sowie einer Schiebetür zu einer winzigen Küche mit Speisekammer und Minibad hinter der Küche.

Hier schien Onkel Karl zuletzt gewohnt zu haben. Ein altes Bett, das noch aus dem 19. Jahrhundert zu stammen schien, herumliegende Kleidung, ein alter Schrank.

»Eine Einliegerwohnung!«

Marianne war begeistert.

»Die könntest du dir später zurecht machen, dann hast du deine eigenen vier Wände.«

Die Idee war nicht übel, aber Judith ging das alles viel zu schnell.

»Lass uns mal schauen, wo die andere Tür hinführt«, lenkte sie ihre Mutter ab.

Marianne drehte den verschnörkelten alten Schlüssel herum und öffnete die Tür, die knarzend aufsprang.

Bei dem Anblick verschlug es den beiden die Sprache.

Eine riesige Bauerndiele, teils mit Holzvertäfelung, teils mit Fachwerk, auf der vermutlich so manches Fest gefeiert worden war und die größer war als Mariannes alte Wohnung und die Nachbarwohnung zusammen. Von der Diele gingen mehrere kleine Zimmer ab (»wahrscheinlich die Kammern für Knechte und Mägde«, vermutete Marianne), eine Toilette, ein kleiner Waschraum und eine weitere Küche. In der Ecke stand ein Korb mit einer Decke und Spielzeug. Judith und Marianne sahen sich überrascht an.

»Sieht aus wie ein Hundekorb«, sagte Marianne.

»Hast du hier einen Hund gesehen?«

»Nee«, sagte Judith.

Sie betrachtete den Korb genauer.

»Muss ein großer Hund sein. Ein Mops oder Dackel braucht doch nicht so viel Platz.«

Judiths Neugierde war geweckt. Sie war davon ausgegangen, dass es auf einem Hof halbwilde Katzen gab, von denen sie sich welche zähmen könnte. Über einen Hund hatte sie gar nicht nachgedacht.

»Wahrscheinlich ist der Hund gar nicht mehr da, und sie haben bloß vergessen, die Sachen wegzuräumen«, sagte sie.

»Ja, wahrscheinlich«, sagte Marianne.

An der nächsten Tür hing ein windschiefes Schild »Oma und Opa«. Marianne öffnete die Tür, warf einen kurzen Blick in die vollgerümpelten muffigen Räume und schlug sie hastig wieder zu. Bis jetzt hatte Judith acht Zimmer gezählt (ohne WC und Küche), und die Besichtigung war noch immer nicht zu Ende, es gab noch Treppen, die nach oben führten. Die eine schien auf einen Heuboden oder Speicher zu führen, und beim Anblick der wackligen Stufen verzichtete Judith darauf, nach oben zu gehen. Die andere Treppe war aus glänzendem dunklen Holz und hatte ein schönes gedrechseltes Geländer. Oben angekommen, hatte Judith wieder das Gefühl, in einer anderen Zeit zu sein. Ein Schlafzimmer, ein Ankleidezimmer, ein Kinderzimmer, vermutlich seit über 40 Jahren nicht mehr genutzt, aber sauber und gepflegt, kein Staub, keine Motten, und es sah aus, als könnten die Bewohner jeden Augenblick zurückkehren.

›Irgendwie gespenstisch‹, dachte Judith.

Sie fühlte sich wie ein Eindringling. Obwohl das zweifellos die ordentlichsten Räume im Haus waren, würde Judith lieber in einem Schlafsack in der Knechtekammer schlafen als hier oben. Marianne schien ähnlich zu empfinden.

»Komm«, sagte sie leise.

»Gehen wir wieder nach unten.«

Marianne hatte den Proviantkorb aus dem Auto geholt und sich zu Judith auf die quietschende Hollywood-Schaukel im Garten gesetzt. Erst jetzt bemerkte Judith, wie hungrig sie war.

»Morgen müssen wir erst mal einkaufen, sobald unser Kühlschrank da ist«, sagte Marianne.

»Dann können wir auch gleich die Umgebung erkunden.«

Aus der Ferne ertönte eine Hupe. Zunächst achteten die beiden gar nicht darauf. Erst als die Hupe immer wieder gedrückt wurde, stand Marianne auf.

»Klingt, als stünde jemand vor unserem Haus«, sagte sie.

»Essen adé«, seufzte Judith und legte das Butterbrot zurück in den Korb, bevor sie Marianne durch den Garten zum Vordereingang folgte.

Vor der Tür stand ein LKW.

»Unsere Möbel sind da!«

Marianne hatte einen Kurierdienst beauftragt, die Sachen vom Bahnhof abzuholen.

»Auf die zweihundert Mäuse kommt es jetzt auch nicht mehr an«, sagte sie.

»Immer noch besser als mit einem gemieteten Kleintransporter durch eine fremde Großstadt zu gurken.«

Judith hätte sich das ganz lustig vorgestellt, aber sie musste ja auch nicht am Steuer sitzen.

Jetzt standen die Sachen in der riesigen Diele und wirkten ziemlich verloren.

»Können wir irgendwie helfen?« fragte einer der Männer, der Mariannes hilflosen Blick richtig gedeutet hatte.

»Hm, ja, den Kühlschrank in die Küche und das Sofa und den Tisch in die kleine Kammer neben der Eingangstür«, sagte Marianne.

»Ansonsten weiß ich selber noch nicht so recht, wohin damit.«

»Das machen wir doch gern.«

Er winkte den Kollegen zu und gab Mariannes Bitte weiter. Während die Männer das Sofa hinaustrugen, griff er nach einem Zettel und schrieb eine Telefonnummer auf.

»Falls Sie sonstwie Hilfe brauchen – ich komme gern nach Feierabend mal vorbei.«

Allein für seinen Blick hätte Judith ihn am liebsten vors Schienbein getreten.

Marianne verzog keine Miene, sagte »vielen Dank« und unterschrieb den Frachtschein.

»Das gibt es ja wohl nicht«, sagte sie, als die Männer weg waren.

»Bin gerade mal vierundzwanzig Stunden von meinem Mann getrennt und werde gleich von so einem Vogel angebaggert.«

Sie zerknüllte den Zettel und warf ihn in den Mülleimer.

»Und wenn ich für das Aufbauen der Schränke und Anbringen von Spiegeln und Lampen drei Handwerkerfirmen hier durchscheuchen muss ...«

Zumindest dieses Problem sollte sich am nächsten Tag von selbst lösen.

Judith und Marianne hatten beschlossen, die Nacht erst mal in den kleinen Zimmern auf der Diele zu verbringen. Marianne nahm sich eine Wolldecke aus dem Auto mit, Judith ihren Schlafsack. Daß die Zimmer sauber und aufgeräumt und die Betten frisch bezogen waren, fiel den beiden Frauen gar nicht mehr auf. Nach diesem Tag wollten sie nur noch schlafen. Judith öffnete das Fenster. Diese völlige Stille, nur unterbrochen durch gelegentliche Laute von nachtaktiven Wildtieren, war sie nicht gewöhnt. Ihr altes Wohnviertel war durchaus ruhig gewesen, aber Stadtlärm ließ sich auch nachts nicht vermeiden. Hier war es komplett ruhig, und Judith lauschte fast verzweifelt auf irgendwelche Geräusche. Sie hatte geglaubt, die halbe Nacht wachzuliegen. Aber nachdem sie sich in der Knechtekammer in ihrem Schlafsack auf dem Bett zusammengerollt hatte, schlief sie keine zehn Minuten später tief und fest. Sie bekam nicht einmal mehr mit, dass Marianne ihr noch eine Tasse Tee ans Bett stellte. Am nächsten Morgen brauchte sie einen Moment, um sich zu erinnern, wo sie war. Zumindest hatte sie gut geschlafen. Sie schwang sich aus dem Bett, suchte sich aus der Reisetasche frische Kleidung und verschwand ins Bad, um zu duschen.

Marianne hatte inzwischen die Reste aus dem Proviantkorb auf den Küchentisch gestellt und Tee gekocht. Als Judith in die Küche kam, schrieb sie gerade an einer Einkaufsliste.

»Handtücher brauchen wir auch«, sagte Judith.

»Guten Morgen erst mal«, sagte Marianne.

»Ja natürlich. Guten Morgen.«

»Gibt es denn hier keine Handtücher?«

»Hab jedenfalls keine gefunden. Hab mich mit dem Gästetuch abgetrocknet.«

Marianne ergänzte die Position auf ihrer Liste.

»Hast du gut geschlafen?«

»Ja, herrlich. Und du?«

»Ach«, sagte Marianne, »mir ging noch so viel durch den Kopf, aber ich war so müde, ich habe geschlafen wie ein Stein. Um sechs war ich dann wach, aber ich habe mich einfach noch mal umgedreht.«

Sie kicherte.

»Solange ich noch frei habe, nutze ich das aus, mal ein bisschen länger zu schlafen.«

»Du hast es gut«, sagte Judith, »ich komme nie aus dem Bett, wenn Schule ist, aber wenn ich mal ausschlafen kann, bin ich garantiert um sechs wach.«

»Du hast ja noch ein bisschen Zeit, dich daran zu gewöhnen«, sagte Marianne.

»Die Schule fängt erst im April wieder an.«

›Zum Glück‹, dachte Judith.

Sie wusste nicht recht, ob sie sich darauf freuen sollte.

Der erste Einkaufstag in Norddeutschland sollte Judith noch lange in Erinnerung bleiben, nicht nur wegen des bedenklich klappernden Motors. Zeitweilig fragte sich Judith, ob sie überhaupt wieder in Vosshagen ankommen würden. Marianne hatte doch dank der Erbschaft genug Geld, um sich ein neues Auto zu kaufen. Aber sie sagte nur, das Auto käme im August sowieso nicht mehr durch den TÜV, also könne sie es auch noch fahren, bis es ihr unter dem Hintern zusammenbrach. Judith hoffte, dass sie nicht dabei war, wenn das passierte. Tatsächlich hielt das Auto durch. Für ihre Einkäufe brauchten sie den ganzen Vormittag; waren sie früher einfach nach Neuwied ins Einkaufszentrum gefahren, so mussten sie durch das ganze Umland fahren, in einem Ort gab es eine Apotheke, im anderen einen Bäcker und eine Schlachterei, und in Ellernbrook gab es immerhin eine kleine Einkaufsmeile mit Supermarkt, Postamt, Friseursalon, Schreib- und Haushaltswarengeschäft und einen Blumenladen. In Vosshagen gab es nur einen kleinen Dorfladen, der auch nur drei Tage in der Woche geöffnet hatte und an diesem Tag natürlich geschlossen war. Das alles fand Judith schon schräg genug, aber am lustigsten fand sie die Art, wie die Leute redeten. Judith hatte geglaubt, dass die Leute in Norddeutschland ab 1960 angefangen hätten, auch im Alltag Hochdeutsch zu sprechen. Dem war anscheinend nicht so. Und auch das Hochdeutsch klang nicht wie im Radio. Einige Leute redeten fast so wie in Comic-Filmen. Judith hatte Mühe, ernst zu bleiben und nicht zu lachen. Erst Jahre später kam sie darauf, dass sich die jungen Leute in der Bäckerei einen Spaß mit ihr gemacht hatten. In der Schlachterei grüßte sie mit »Guten Morgen!« und wurde sofort belehrt »*Moin* heet dat hier!« Also sagte sie an der Supermarktkasse »Moin!« Die Verkäuferin erwiderte kühl »Guten Morgen« und tippte verdrossen die Preise in ihre Kasse, während Judith mit halbem Ohr den Gesprächen um sie herum lauschte und sich über unbekannte Ausdrücke amüsierte. Im Auto griff sie nach Mariannes Liste und schrieb auf die Rückseite *Gnatzbüdel*, bevor sie das Wort wieder vergaß. Sie würde sich ein Heft kaufen und all diese Wörter sammeln und später mal Steffie raten lassen, was das auf Hochdeutsch hieß. Bei dem Gedanken an ihre Freundin schluckte sie kurz, wurde aber gleich abgelenkt durch einen riesigen Traktor, der direkt vor dem Supermarkt anhielt. Der Fahrer, ein Mann mit Cordhosen und -weste, sprang vom Traktor, ging zum Tresen und kam mit einer Tüte Brötchen zurück, die er in die Kabine warf, bevor er selbst wieder auf den Traktor kletterte, der verblüfften Judith zuwinkte und wieder vom Parkplatz fuhr. Judith zwinkerte irritiert. Egal was an diesem Tag noch passieren würde, sie wunderte sich über gar nichts mehr. Und der ›Trecker-Mann‹, wie sie ihn insgeheim nannte, begegnete ihr bei späteren Einkäufen noch öfter.

Marianne lenkte das Auto auf den Hof und bremste plötzlich so scharf ab, dass Judith trotz Gurt fast nach vorne geflogen wäre.

»Was sollte das denn?«

Marianne warf einen Blick auf den Hinterhof.

»Hier stimmt etwas nicht. Die Blumenkübel vor der Seitentür standen heute morgen anders.«

»Bist du sicher?«

»Ganz sicher.«

Judith stieg aus, lief ein paar Schritte bis zur Hausecke und warf einen Blick hinter die Pergola.

»Da steht 'n Fahrrad …«

»Also gestern stand da keins, daran würde ich mich erinnern.«

Judith und Marianne wechselten einen Blick. Anscheinend war jemand im Haus.

»Was machen wir denn jetzt?« flüsterte Judith.

»Zwei Möglichkeiten«, gab Marianne ebenso leise zurück.

»Entweder wir klingeln bei Willy und hoffen, dass er da ist, oder wir gehen 'rein und sehen selber nach.«

An der Hauswand lehnten mehrere schmale Holzpfosten. Die Sache war entschieden. Marianne und Judith griffen sich je einen Stock und schlichen sich durch die Seitentür, die tatsächlich unverschlossen war (»ich bin sicher, die war heute morgen zu«, flüsterte Marianne), auf die Diele. Sie brauchten nicht lange zu suchen. Am Ende der Diele stand jemand und machte sich an der Zwischentür zu schaffen. Beim Näherkommen sah Judith, dass es eine alte Frau war.

›Brechen Omas auch schon in fremde Häuser ein?‹ dachte Judith, halb belustigt, halb entrüstet.

Marianne fasste ihren Stock fester.

»Was machen Sie hier?«

Die Frau reagierte überhaupt nicht. Sie fuhr fort, über die Klinke zu wischen, als suche sie dort eine Schwachstelle, um ins Haus zu kommen. Ein Eimer, der wohl für die Beute bestimmt war, klemmte zwischen ihren Beinen.

Marianne kam näher.

»Wer sind Sie? Was wollen Sie hier?«

Noch immer keine Reaktion.

Marianne vergaß alle Vorsicht. Sie packte die Frau am Arm und schrie:

»Wer sind Sie?«

Die Frau schrie auf und ließ alles fallen.

Judith erreichte den Lichtschalter und drückte ihn. Erschrocken über das grelle Licht hielt sich die Frau schützend den Arm vors Gesicht.

»Bitte, doon Se mi nix!«

Erst jetzt im Licht war zu sehen, dass der vermeintliche Dietrich eine Putzbürste und der Eimer mit heißem Spülwasser gefüllt war, das sich nun überall auf dem Fußboden verteilte. Die Frau, die gut achtzig Jahre alt sein musste, trug einen geblümten Kittel und war gerade dabei, die Zwischentür sauberzumachen.

Marianne ließ sie los.

»Was machen Sie hier?«

»*Se möten luuder mit mi snacken. Ick hör nich mehr good.*«

»Was machen Sie hier?« wiederholte Marianne nun etwas lauter.

»*Na, ick mook hier schier as jümmers.*«

So kamen sie nicht weiter.

»Ich verstehe kein Plattdeutsch«, sagte Marianne.

» Wat denn? Se verstahn keen Platt?«

Judith überließ das weitere Gespräch Marianne. Wer auch immer diese Frau war, eine Einbrecherin offensichtlich nicht, also bestand auch keine Gefahr mehr. Außerdem hatte sie im Augenwinkel etwas entdeckt, was ihr gerade interessanter erschien als eine alte Frau im Putzkittel. In der Ecke bei der Treppe bewegte sich etwas, ein kleiner schwarzer Schatten. Neugierig kam Judith näher und warf einen Blick in die Richtung. Der Hundekorb war nicht mehr leer. Ein schwarz-weiß-braunes Fellbündel, das eine abenteuerliche Mischung aus verschiedenen Hunderassen darstellte (»alles außer Dackel«, dachte Judith amüsiert) und etwas größer war als ein Border Collie, rollte sich in dem Korb zusammen und sah Judith abwartend an. Judith hockte sich in einigem Abstand vor den Korb. Wenn der Hund tatsächlich einmal auf den Hof gehört hatte, müsste er sie für einen Eindringling halten, verbellen, anknurren, vielleicht sogar angreifen. Aber nichts dergleichen geschah. Judith kam vorsichtig näher. Jetzt richtete sich der Hund im Korb auf und stellte die Ohren auf. Würde er jetzt bellen oder knurren? Aber der Hund wartete noch immer. Ganz langsam kam Judith noch etwas näher und streckte behutsam die Hand aus. Der Hund legte den Kopf schräg und kam auf Judith zu, schnupperte an ihrer Hand und legte dann seinen Kopf auf ihre Knie. Judith kannte sich mit Hunden nicht aus. Vertraute er ihr schon genug, dass sie ihn streicheln konnte, oder würde er jetzt noch beißen?

»Freya!«

Der Hund zögerte und gehorchte dann doch dem Ruf der alten Frau.

Judith stand auf und folgte dem Hund.

Die beiden Frauen schienen sich trotz Schwerhörigkeit und Sprachschwierigkeiten einigermaßen verständigt zu haben.

»Judith, das ist Mathilde. Sie hat Onkel Karli den Haushalt

geführt und wird uns in der nächsten Zeit hier ein bisschen unterstützen.«

Mathilde sah Judith genauer an.

»Mariechen!« sagte sie leise.

»Da büst du jo wedder.«

Dann schüttelte sie den Kopf.

»Wat schnack ick nur för dummes Tüüch. Mariechen is doch ok schon eene ole Fruu ...«

Judith wusste nicht, was sie davon halten sollte.

»Dann schall ick mal wedder gohn. Ick kiek dann anner Week wedder in.«

Sie rief nach dem Hund und ging. Keine fünf Minuten später kratzte es an der Dielentür. Judith öffnete. Freya stand schwanzwedelnd vor der Tür und sprang an Judith hoch. Offensichtlich hatte sie sich von Mathilde losgerissen und war zurückgekommen.

Weitere fünf Minuten später kam Mathilde zurück.

»Dod mi leed«, sagte sie, *»se wullt torüch nach Huus. Ick glööv, se mog di schon.«*

»Es ist dein Hund«, sagte Judith und merkte selbst, wie unaufrichtig das klang.

Am liebsten hätte sie Freya behalten.

»Wullt du se beholen?« fragte Mathilde.

»Ick söök een nieges Tohuus för se, mi ward dat to veel, aber ick kann doch Karli siene Freya nicht in't Heem för Deren steken. Dat geit doch nich.«

Judith verstand kein Wort. Aber die Geste, mit der Mathilde ihr die Hundeleine in die Hand drückte, war eindeutig. Fragend drehte sie sich zu Marianne um. Ihre Mutter mochte eigentlich keine Hunde. Zumindest konnte sie nichts mit ihnen anfangen.

Aber Marianne sagte:

»Tja, wenn ich so darüber nachdenke, können wir auf dem großen Grundstück einen Hund gut gebrauchen. Wenn du dich um sie kümmerst, sie fütterst und mit ihr rausgehst, habe ich nichts dagegen.«

So kam Judith zu ihrem Hund.

Am Abend saßen Judith und Marianne mit einer Tasse Tee im provisorischen Esszimmer, als es an der Vordertür klopfte. Irritiert sahen die beiden einander an.

»Wenn das der Spinner von gestern abend ist, dann schmeiße ich ihn raus«, sagte Marianne, als sie zur Tür ging. Aber anscheinend war es jemand anders, denn Marianne sagte freundlich »oh, guten Abend« und kam mit einem älteren Ehepaar zurück ins Zimmer.

»Judith, das sind unsere Nachbarn, Margret und Willy aus Nummer 11«, sagte sie.

»Und das ist meine Tochter Judith.«

Willy musste der Polizist sein, der in dem Eckhaus wohnte. Er war groß und dick und wirkte mit dem grauen Bart und der Mütze eher wie ein verschmitzter Seemann. Und Margret sah mit ihren aufgesteckten Zöpfen, der weißen Bluse und dem knielangen grauen Rock genau so aus, wie sich Judith eine klassische Landfrau vorgestellt hätte.

»Wir wollen euch gar nicht lange aufhalten«, sagte Margret, »ich weiß, was man alles um die Ohren hat, wenn man gerade irgendwo eingezogen ist. Wir haben euch eine Kleinigkeit zum Essen mitgebracht, die Sachen könnt ihr bei Gelegenheit zurückbringen, das eilt nicht. Wenn ihr dann soweit seid, können wir uns in Ruhe kennenlernen.«

Willy drehte seine Mütze zwischen den Fingern.

»Wenn ihr irgend etwas braucht … «

»Oh ja«, sagte Marianne, »wenn ihr mir ein paar Handwerker empfehlen könnt – wir müssen einen Herd anschließen, eventuell neue Leitungen ziehen und Möbel und Regale aufbauen … «

»Kann das denn nicht der Herr Wagner?«

Margret stieß ihn mit dem Ellenbogen an, und Willy schaltete sofort.

»Hör mal, wir sind doch jetzt Nachbarn. Da hilft man sich doch. Mach am besten mal eine Liste, was du am dringendsten brauchst, dann kommen mein Junge und ich am Samstag mal vorbei. So'n paar Regale kriegen wir doch schnell an die Wand. Und wegen Handwerkern höre ich mich mal um, in Oemeland gibt es eine gute Klempnerei …«

Margret stieß ihn erneut mit dem Ellenbogen an, und Willy unterbrach seinen Redefluss.

»Also wie gesagt, wir wollten euch nicht groß stören, wir sehen uns ja am Samstag.«

Judith sah den beiden verblüfft nach. Andrea und andere Mitschülerinnen hatten ihr regelrecht bange gemacht mit der Behauptung, die Norddeutschen sei alle kühl und zurückhaltend und ließen Kontakte mit Fremden gar nicht erst zu. Anscheinend war das genau so dumm wie die Ostfriesenwitze, über die Judith noch nie lachen konnte.

»Was für ein Tag!« sagte Marianne.

»Was für ein Tag!« wiederholte Judith.

Vor dem Schlafengehen würde sie noch in dem Umzugskarton mit ihren eigenen Sachen nach dem Tagebuch suchen und alles aufschreiben, was sie in der kurzen Zeit seit ihrem Wegzug alles erlebt hatte. Drei Tage später hätte sie wahrscheinlich die Hälfte davon vergessen.

Die nächsten Tage verbrachten Judith und Marianne mit Aufräumen. Die Kartons und Möbel standen noch immer in der Diele, Marianne hatte nur ihren Hausrat und Geschirr ausgepackt, um Mahlzeiten zubereiten zu können. Solange die Schränke und Regale nicht aufgebaut waren, brauchten sie auch nicht weiter auszupacken. Judith hatte sich vorübergehend in der größeren Knechtekammer eingerichtet, in der sie auch die erste Nacht verbracht hatte, hängte ihre Sachen in den Kleiderschrank, stellte ihren Gummibaum vors Fenster und hängte ein Poster an die Wand. Vorsichtig klopfte sie dagegen. Die Wand war nicht allzu hart. Sie würde sich Bilderrahmen kaufen und Fotos von ihren Freundinnen aufhängen, die sie in den letzten Tagen noch gemacht hatte. Das Bild von Tante Carola stellte sie erst mal auf den Tisch. Ihre Möbel hatte sie ja zurückgelassen, und das karge Mobiliar (ein Tisch, zwei Stühle, ein Kleiderschrank und ein Bett) war zwar viel älter als ihre alte Einrichtung, aber auch wesentlich stabiler. Bei Gelegenheit würde sie die Wand streichen und sich einen neuen Teppich und eine neue Lampe kaufen. Ansonsten war die Kammer gar nicht so übel. Mathilde half beim Saubermachen, und so langsam wurde das Haus wohnlicher.

»Bis wir alles fertig haben, ist sowieso Weihnachten«, hatte Marianne gemeint, »also brauchen wir uns gar keinen Stress zu machen. Am besten fangen wir vorne mit Wohnzimmer, Esszimmer und Küche an, dann ist die vordere Wohnung fertig und du kannst auch deine Schulkameradinnen mal einladen, ohne dass es dir peinlich sein muss.«

In zwei Wochen würde die Schule beginnen. Judith schob den Gedanken hastig beiseite.

Marianne schien ihre Unruhe nicht zu bemerken.

»Samstag kommen ja Willy und sein Sohn vorbei; was meinst du, soll ich eine Brotzeit anbieten oder etwas kochen, vielleicht ein Pilzgulasch?«

Judith stutzte.

»Ist am Wochenende nicht schon Ostern?«

»Stimmt, ja.«

»Haben wir überhaupt Osterdeko? So ganz ohne ist auch doof, oder?«

Marianne überlegte.

»Wir könnten ein paar Forsythien schneiden und in eine Vase stellen. Da hängen wir dann Ostereier an.«

Judith hatte keine Ahnung, ob sie den Karton mit den Ostersachen überhaupt mitgenommen hatten, und falls ja, in welcher Kiste er sich befand.

Marianne dachte anscheinend das gleiche.

»Weißt du noch, wie wir früher immer Ostereier ausgeblasen und dann angemalt haben? Noch zusammen mit Tante Carola oder mit Oma und Nicole?«

Das war lange her.

»Heute ist Gründonnerstag, und der Dorfladen hat schon wieder zu. Wo bekommen wir denn jetzt Eier her?«

»Von Bauer Thies«, sagte Marianne völlig selbstverständlich.

»Die verkaufen ihre Eier direkt an der Stalltür.«

Judith erinnerte sich dunkel, ein Schild gesehen zu haben mit der Aufschrift *frische Eier direkt vom Hof.*

»Na, dann geh ich doch mal 'rüber und hole welche.«

Der Thies-Hof lag schräg hinter dem Grundstück. Von der Straße aus hätte sie einen großen Bogen laufen müssen, obwohl er die Hausnummer 17 hatte und eigentlich direkt nebenan liegen müsste. Aber ihr Grundstück grenzte an die Hausnummer 15.

›Muss ich nicht verstehen‹, dachte Judith. Es konnte ihr auch egal sein, denn sie hatte längst herausgefunden, dass hinter dem Grundstück ein Sandweg verlief, der am Thies-Hof vorbeiführte und am hinteren Ende von Hausnummer 15 wieder herauskam.

Sie schnappte sich das Portemonnaie und die Hundeleine und lief los, gefolgt von Freya. Auf dem Hof war niemand zu sehen. Judith lief ein paar Mal herum, unsicher, ob sie irgendwo klingeln sollte. Schließlich kam jemand um die Ecke, und Judith fragte nach Eiern. Der Mann war ungefähr so alt wie Mathilde und mindestens so schwerhörig und sprach nur Plattdeutsch. Aber schließlich schlurfte er in den Hühnerstall und brachte zehn große braune Eier mit und winkte ab, als sie bezahlen wollte.

»Dat mutt mien Söhn ja nich weten«, sagte er augenzwinkernd.

»Aber wenn du anner Week weerkommst, dann mutt du ook Platt mit mi snacken.«

Ein bisschen Plattdeutsch verstand sie inzwischen. Aber es selbst sprechen? Das würde dauern.

Am Karsamstag kamen wie versprochen Willy und sein Sohn. Im Gegensatz zum Vater war Jens nicht gesprächig, sagte nur »moin« und gab bei der Hausbegehung ständig ein »hm, hm« von sich, das wohl der alten Elektrik galt.

»Tja«, sagte Willy, »an deiner Stelle würde ich erst mal nur die vordere Wohnung renovieren, sonst sitzt du die nächsten 20 Jahre auf einer Baustelle.«

»Das sehe ich auch so«, sagte Marianne, »aber ich würde schon gern wissen, was hier alles gemacht werden muss, Strom, Heizung, Isolierung, schließlich muss das ja auch irgendwie bezahlt werden ...«

»Da mach dir mal keine Gedanken. Mein Jung ist Elektriker, der kann dir nachher sagen, was da auf dich zukommt. Die Telefonnummer der Klempnerei in Oemeland gebe ich dir nachher, die sollen dir nach Ostern mal 'nen Kostenvoranschlag machen. Und jetzt schauen wir mal, wo deine Schränke und Regale am besten hinpassen ...«

Jens und Willy arbeiteten schnell. Trotzdem wurde es fast elf Uhr abends, bis alles so weit fertig war.

»Ich weiß gar nicht, wie ich euch danken kann«, sagte Judith.

»Ich wüßte da schon was«, sagte Willy, der einen Blick mit seinem Sohn gewechselt hatte.

»Meinst du, wir könnten mal einen Sonntag lang deinen Schuppen nutzen?«

»Aber ja, natürlich. Was habt ihr denn vor?«

»Brandschutzübung«, sagte Jens knapp.

›Der war wirklich nicht gesprächig‹, dachte Judith.

Willy erklärte das etwas ausführlicher.

»Wir von der Freiwilligen Feuerwehr müssen natürlich regelmäßig üben, und dazu brauchen wir von Zeit zu Zeit ein geeignetes Objekt. Aber die Leute können ganz schön blöd sein, Brandschutz wollen alle, aber wenn wir mal einen Schuppen für eine Übung brauchen, heißt es oft nein.«

»Ach was«, sagte Marianne, »ihr seid herzlich willkommen. Nutzt den Schuppen, so oft und so lange ihr wollt. Ihr habt uns so geholfen …«

»Das werden die Jungs zu schätzen wissen«, sagte Willy mit einem Zwinkern, »zumal in der Gruppe auch drei Maler sind.«

Marianne fehlte der Zusammenhang.

»Wollt ihr den Schuppen anmalen für die Übung?«

»Nein, aber die Jungs könnten dir als Dankeschön für den Schuppen die Wohnung tapezieren …«

Judith fragte sich, womit sie und Marianne so viel Hilfsbereitschaft verdient hatten. So etwas hatten sie noch nie erlebt.

Marianne hatte sich gefragt, wie lange es dauern würde, bis die Spaziergänge mit dem Hund doch wieder an ihr hängenblieben. Aber Judith hielt ihr Versprechen und ging regelmäßig mit Freya die große Runde durch Dorf oder Feldmark. Manchmal ging Marianne mit. Schließlich war sie auf die neue Umgebung, die sie ja auch nur einmal kurz mit dem Auto durchfahren hatte, genau so neugierig wie ihre Tochter. Der Dienstagmorgen war strahlend schön, und sie machten sich auf den Weg. Normalerweise lief Judith immer am Thies-Hof vorbei in Richtung Streuobstwiese und entschied sich dann, welchen Feldweg sie nehmen wollte. Dieses Mal gingen sie in die andere Richtung. Das Gehöft, das an ihr Grundstück grenzte, lag etwas abseits von den übrigen Häusern und Grundstücken. Von der Entfernung her hätte es eher Nr. 23 als Nr. 21 sein können. Judith hatte schon gemerkt, dass Marianne ihr nur sehr zögerlich folgte und lieber in die andere Richtung gegangen wäre, aber sie wohnte hier und wollte auch das ganze Dorf sehen. Aber auch Freya verlangsamte ihren Schritt, zog sich hinter Judith zurück und begann zu fiepen.

»Ist ja gut, Freya«, sagte Judith.

»Hör auf damit, da ist doch gar nichts.«

»Ich hätte nicht gedacht, dass ihr euch hierhertraut.«

Judith starrte den bulligen Mann an, der plötzlich hinter der Hecke stand.

Freya fing an zu bellen und tänzelte auf den Hinterbeinen. Mit einem raschen Ruck an der Leine hinderte Judith sie daran, über die Hecke zu springen.

»Halt deinen Köter fest! Wenn der auf mein Grundstück kommt, hole ich die Flinte!«

»Nun mäßigen Sie sich mal«, sagte Marianne ärgerlich, »es ist doch gar nichts passiert.«

»Jetzt hör du mir mal genau zu – ich weiß nicht, wo du herkommst und wie du es angestellt hast, dir alles unter den Nagel zu reißen, aber damit kommst du nicht durch. Mein Onkel war krank im Kopf, verstehst du, der wusste gar nicht mehr, was er tat, als er alles dir hinterließ. Ich lass' mir das nicht gefallen, du wirst schon sehen. Ihr werdet so schnell wieder verschwinden wie ihr gekommen seid.

Und du brauchst hier gar nicht so auf feine Dame machen, das zieht bei mir nicht. Wenn du schlau bist, lässt du das Geld da, wo es ist, dann hast du später weniger Probleme, wenn du es zurückgeben mußt. Und wenn du vernünftig bist, lasse ich dir vielleicht sogar eine Kleinigkeit zukommen.«

Marianne straffte die Schultern.

»Ihr habt doch den Pflichtteil vom Geld bekommen. Habt ihr schon alles ausgegeben?«

»Was glaubst du, wer du bist!« brüllte der Mann.

»Mach, dass du wegkommst, nimm deine Göre und deinen Köter und lass dich hier nie wieder blicken. Wag' es ja nicht, auch nur einmal mein Grundstück zu betreten, dann hetze ich die Hunde auf euch. Und jetzt haut ab!«

Marianne ließ sich nicht aus der Ruhe bringen.

»Auf diese Art Gespräch habe ich auch keine Lust«, sagte sie ruhig.

»Wenn ihr etwas von mir wollt, wendet euch an meinen Anwalt.«

»Nimm dich bloß in acht!« polterte er.

Dann wandte er sich ab und ging zurück zum Haus.

Judith sah ihm nach.

»Wer war das denn?«

»Der Neffe von Onkel Karl.«

»Bäh, ist der eklig.«

»Klar ist der eklig. Immerhin haben die Geier seit Jahren auf das Erbe gelauert, und nun hat Onkelchen sie angeschissen. Bis vor 14 Tagen wussten die gar nicht, dass es ein Testament und eine fremde Erbin gibt. Auf dem Amtsgericht ging es hoch her, als er kapierte, daß er nichts bekommt. Dagegen war die Szene von eben harmlos.«

»Meinst du, der macht uns richtig Ärger?«

»Versuchen wird er's. Aber mach dir keine Sorgen, für den Papierkram gibt es Anwälte, und wenn er uns belästigt, bekommt er es mit Willy zu tun.«

»Ja, sicher«, sagte Judith.

Von weiteren Erben hatte sie nichts gewusst. Würde sie ihr neues Zuhause bald wieder verlassen müssen? Judith versuchte, nicht daran zu denken. Um das Grundstück Nr. 21 jedenfalls würde sie künftig einen großen Bogen machen. Über den Vorfall sprachen sie nie wieder.

Die Tage gingen dahin. Judith und Marianne räumten auf, richteten sich ein, machten Pläne. Und Judith erkundete auf ihren Spaziergängen mit dem Hund die Umgebung. Sie ging jedesmal eine andere Strecke, wenn sie mit Freya draußen war. Schließlich wollte sie so viel wie möglich von ihrem neuen Wohnort sehen und sich auch in der Feldmark auskennen. Von den neuen Nachbarn bekam sie wenig zu sehen. Dafür kannte sie jedes Detail der Häuser und Grundstücke, hätte sie im Schlaf zeichnen können. Nr. 1, das sie insgeheim »den Kuhstall mit Balkon« nannte, war ein Haus, das wohl bis in die 50er Jahre hinein tatsächlich ein Stall gewesen und dann zu Wohnungen umgebaut worden war. Nr. 1a war ein ehemaliges Bauernhaus, das durch ständige Umbauten komplett verschandelt worden war (Marianne hätte jetzt gesagt *denen wünsche ich weniger Geld und dafür mehr Geschmack*). Nr. 3 war ein großes Holzhaus mit einer Veranda, an der Blumenampeln mit Primeln baumelten. Das alte Haus musste schon vor Jahren abgebrannt sein, aber ein Teil der Brandruine war nie abgerissen worden und wurde als Unterstand benutzt. Nr. 5 war der Dorfladen, ein typisches Siedlungshaus aus den 60er Jahren, das im Grunde nichts anderes war als eine Dreizimmerwohnung mit Stubenladen auf zwei Etagen. Wieso der private Eingang eine eigene Hausnummer (5a) hatte, erschloss sich Judith weder auf den ersten noch auf den zweiten Blick. Nr. 7a war ein kleiner Bungalow mit einem winzigen Garten, umrahmt von dem wesentlich größeren Grundstück Nr. 7, einem ehemaligen Bauernhof, an dessen Tor ein windschiefes Schild mit der Aufschrift *Ferienwohnungen frei* baumelte. Judith fragte sich, wann hier zuletzt Feriengäste gewesen waren. Das Grundstück sah trostlos aus und das Haus unbewohnt. Die Bewohnerin von 7a, eine immens dicke Frau Anfang 80, hatte sie öfter im Garten pusseln sehen. Die Frau schien nicht ganz richtig im Kopf zu sein, sie redete ununterbrochen mit sich selbst, ihren Blumen, einer Sonnenuhr, ihrer Gartenpforte und dem Briefkasten, wirkte aber harmlos und grüßte auch immer sehr freundlich zurück. Häuser mit geraden Hausnummern gab es bis zur Kurve nicht, auf der anderen Straßenseite verlief der Bach, der weiter geradeaus lief. In der Kurve wechselten die ungeraden Hausnummern kurz auf die rechte Seite. Nr. 9 war hinter einer gigantischen Hecke verborgen und kaum zu sehen. Nr. 11 war ein Doppelhaus mit einer gemeinsamen großen Terrasse und sehr gepflegtem Vorgarten. Überall hingen oder standen selbstgemachte Figuren herum. Judith musste grinsen. Töpfern passte irgendwie zu Margret. Nr. 12 war die einzige gerade Hausnummer auf der linken Seite. Da es sich dabei um ein unbebautes Grundstück handelte, das straßenseitig nur einen Pfosten mit der Hausnummer aufwies, ging es dann weiter mit Nr. 13 und Nr. 15, zwei etwas moderneren Häusern, die so gar nicht in die Siedlung zu passen schienen. Zwischen den Grundstücken Nr. 13 und Nr. 15 verlief ein Sandweg mit einem Hinweisschild *zu Thies Nr. 17*, danach kam ihr eigenes Haus. In die andere Richtung ging sie eher selten. Nr. 21 lag sehr abgelegen, und die Häuser 20, 22 und 24 waren eher Hütten, die nur übers Wochenende bewohnt waren. Aber eins hatten fast alle Grundstücke gemeinsam – halbhohe Lattenzäune als Begrenzung und Magnolien im Garten. Die mussten 20 Jahre zuvor wohl überall in Mode gewesen sein.

Judith dachte sich insgeheim zu jedem Haus und den Leuten irgendwelche Geschichten aus. Es machte ihr Spaß, sich vorzustellen, wer in welchen Häusern wohnte und wie die Leute so waren. Die wenigen Nachbarinnen, die sie bislang gesehen hatte, grüßten kurz und knapp und schienen kein Interesse an einem weiterführenden Kontakt zu haben. Trotzdem war Judith fest entschlossen, alle kennenzulernen, und was war schon besser geeignet als ein Hund, um das Eis zu brechen? Daher war Judith bester Dinge, als ein Mann aus Nr. 1 a die Pforte seines Gartens öffnete und sie ansprach. Aber die kalte Dusche folgte sofort, als sie ihren Namen nannte und erzählte, sie seien gerade frisch in Nr. 19 eingezogen.

Der Mann kniff die Augen zusammen.

»Ach, ihr seid das! Arbeitet deine Mutter noch als Altenpflegerin oder lebt die jetzt ihr Geld?«

Anscheinend lag eine Verwechslung vor. Aber das ließ der Mann nicht gelten.

»Eine geschickte Pflegerin weiß ihre Chancen schon zu nutzen. Wie hat sie den Alten denn dazu gebracht, ihr alles zu hinterlassen?«

Wovon redete der Mann eigentlich?

»Deine Mutter sollte sich schämen! Den Alten so einzuwickeln, dass sie eine ganze Familie um ihr Erbteil bringt und den Löwenanteil selber einsteckt, dazu gehört schon was. Das hätte ich von dem Karl auch nie gedacht, aber das zeigt ja, dass deine Mutter ihr Handwerk versteht. War wohl nicht ihr erster Fang.«

Judith sah ihn fassungslos an.

»Ich habe keine Ahnung, wovon Sie reden, aber eins weiß ich – schämen sollten *Sie* sich, für diese ganzen dummen Lügen! Komm, Freya!«

Sie schnappte sich den Hund, drehte sich um und ging eilig weiter.

Der Mann pöbelte hinter ihr her. Judith versuchte, nicht so genau hinzuhören.

›Der ist ja völlig verrückt‹, sagte sie zu Freya.

›Hoffentlich spinnt nicht das ganze Dorf.‹

Aber dann dachte sie an die Freundlichkeiten von Margret und Willy und beschloss, nicht mehr daran zu denken. Trotzdem war sie froh, dass die Bushaltestelle vor dem Grundstück Nr. 5 war und sie morgens und mittags nicht an der Nr. 1 warten musste. Und sie schwor sich, das Marianne nie zu erzählen. Oder vielleicht mal in zehn Jahren, dann würden beide darüber lachen können. Vielleicht sogar zusammen mit dem Nachbarn. Und dann lernte sie doch noch eine Nachbarin kennen, und dieses Mal verdankte sie es tatsächlich Freya. Sie bestaunte gerade die erste Blütenpracht am Zaun von Nr. 13 und warf einen Blick auf die beiden Leonberger, die im Garten einen Mittagsschlaf hielten, als Freya sich losriss und durch die offene Gartenpforte aufs Grundstück lief. Die beiden Hunde waren sofort wach, rannten auf Freya zu und begannen mit ihr zu toben.

›Auch das noch!‹ dachte Judith.

Sie rief nach Freya, aber die gehorchte nicht.

Judith seufzte. Jetzt musste sie ein fremdes Grundstück betreten und ihren Hund dort wegholen. Hoffentlich waren die Besitzer nicht so komisch. Und hoffentlich bissen die Leonberger nicht.

Eine Frau, die anscheinend gerade Blumen getopft hatte (zumindest ihre Hände waren erdig), kam hinter der Pergola hervor und rief die Hunde zur Ordnung. Dann entdeckte sie Freya.

»Freya, mien Deern!« rief sie.

»Wo kümmst du denn her?«

Freya lief schwanzwedelnd auf die Frau zu und ließ sich hinter den Ohren kraulen.

Judith kam zögernd näher.

»Entschuldigen Sie, ich ...«

Die Frau winkte ab.

»Die Hunde haben immer zusammen gespielt. Freya wollte

ja nur ihre alten Freunde Ben und Micky mal besuchen, das ist doch völlig in Ordnung.«

Sie wischte ihre erdigen Hände an ihrem Jeansrock ab.

»Ich bin Petra.«

»Judith.«

»Möchtest du hereinkommen und einen Tee mit mir trinken?«

»Ja, gern.«

Petra ging voran zur Terrasse und bot Judith einen Platz an. Judith ließ sich in einen Korbsessel fallen und sah zu den Hunden hin, die weiterhin gemeinsam tobten.

»Die vertragen sich, auch wenn's wild aussieht«, sagte Petra, während sie den Tee eingoss. Judith schätzte sie auf Ende Dreißig, vielleicht Anfang Vierzig, also etwas älter als Marianne. Sie trug ausgetretene Pantoletten und einen Jeansrock, was für Gartenarbeiten noch passen mochte, aber die Brokatjacke mit dem Pfauenmuster hätte Judith bestimmt nicht zum Unkrauthacken angezogen. Das Auffälligste jedoch waren ihre roten Haare, die sie mit einer Spange zusammenhielt und die offen vermutlich bis zum Ellenbogen reichten.

Sie gab Judith die Tasse.

»Dann wohnt ihr jetzt auf dem Erlenhof?«

»Erlenhof?«

»So hieß der Hof früher im Dorf. Dabei sind die Erlen schon vor über dreißig Jahren gefällt und durch Kastanien ersetzt worden, aber manche Namen halten sich ewig.«

»Wir sind erst vor ein paar Wochen eingezogen«, sagte Judith, »das ist alles noch neu für uns.«

»Ich hätte euch auch schon mal besucht, aber ich weiß, wie das ist, wenn man gerade erst eingezogen ist, da hat man schon viel zu tun, und über die Feiertage wollte ich dann auch nicht stören ...«

»Komm doch einfach mal vorbei«, sagte Judith.

»Wir sind mit dem Gröbsten fertig, und für Kaffee und Kuchen reicht es auch.«

»Gern«, sagte Petra.

»Dann kann ich auch mal Freya besuchen. Hast du sie nur in Pflege, bis sich etwas findet, oder willst du sie behalten?«

»Das ist jetzt mein Hund«, sagte Judith, »die gebe ich nicht wieder weg.«

Petra atmete auf.

»Ich bin froh, dass sie bei euch bleiben kann. Mathilde hat schon gefragt, ob ich sie nehmen würde. Eigentlich habe ich mit den beiden genug zu tun, aber bevor sie ins Tierheim muss, hätte ich sie natürlich genommen. Schließlich hatte ich auch schon mal mehr Hunde.«

»Wie viele?« fragte Judith.

»Fünf«, sagte Petra trocken.

»Das war mal wieder typisch mein Vater – ich war gerade wieder zurück in Deutschland und habe angefangen, in Hamburg Fuß zu fassen, da fiel ihm ein, dass ihm das Haus hier eigentlich viel zu groß ist und er mit seiner Lebensgefährtin eine Stadtwohnung sucht. Ich wollte nicht, dass er mein Elternhaus verkauft, also habe ich mir hier eine Arbeit gesucht, mein Vater und Hannelore sind auf Wohnungssuche gegangen, und dann bin ich hier eingezogen. Der Hund blieb natürlich hier, und als der Umzugswagen schon gepackt war, kam mein Vater dann damit über, dass er Micky noch hatte decken lassen. Dann saß ich hier mit vier Welpen. Und versuch mal, Leonberger zu verkaufen. Westies wollen sie alle, die sind klein und niedlich und passen auch in die Wohnung, aber Leonberger? Ich hätte ihn auf den Mond schießen können.«

Judith nahm die Hundefrage beiläufig zur Kenntnis. Sie interessierte etwas anderes.

»Wieso zurück in Deutschland? Wo warst du denn vorher?«

»In Nordafrika. Ich war in Ägypten, in Marokko, in Tunesien, sogar ein halbes Jahr in Israel. Am längsten habe ich im Nahen Osten gelebt, davon fast fünf Jahre in Bagdad. Aber dann hatte ich mich von meinem Freund getrennt, und meinem Vater ging es gesundheitlich schlechter, also habe ich meine Zelte abgebrochen und bin zurück nach Deutschland. Aber ich träume noch oft vom Orient.«

Judith war begeistert von ihrer neuen Bekanntschaft.

Wie schade, dass Petra so viel älter war als sie.

Und dann war es April geworden. Judith und Marianne hatten am Donnerstag einen Ausflug an die Elbe gemacht, waren auf den Deichen herumgelaufen und hatten die Witterung unterschätzt. Zwar war es ein schöner sonniger Tag gewesen, aber für den Wind, der überall an der Elbe wehte, waren sie viel zu dünn angezogen. Am nächsten Tag lagen sie beide flach. Judith hatte Fieber und Schüttelfrost, Marianne hustete den ganzen Tag. Margret schüttelte den Kopf über so viel Unvernunft, und da beide noch keinen Hausarzt hatten, rief sie ihren eigenen Hausarzt an, der am Nachmittag einen Hausbesuch machte.

»Na meine Damen«, scherzte er, »das norddeutsche Klima haut den stärksten Bären um, wenn er's nicht gewöhnt ist. Ich wette, das passiert Ihnen nicht wieder.«

Judith fühlte sich zu elend, um zu lachen.

»Montag fängt doch die Schule wieder an«, sagte sie kläglich.

»Na, das vergessen wir mal ganz schnell. Du solltest dich erst mal schonen und das auskurieren. Ab Donnerstag kannst du dann auch wieder in die Schule.«

Er sah Marianne an.

»Und Sie werde ich auf jeden Fall erst mal krank schreiben.«

»Nicht nötig«, krächzte Marianne, »ich fange erst am 4. Mai meine neue Stelle an.«

»Gut«, erwiderte der Arzt, »dann schonen Sie sich mal die nächsten vierzehn Tage. Sie sind knapp an einer Lungenentzündung vorbeigegangen, und damit ist nicht zu spaßen. Ich schreibe Ihnen ein Rezept aus, das kann die Apotheke nachher ausliefern, und Montag komme ich noch mal vorbei. Und vorher gehen Sie bitte auch nicht aus dem Haus.«

»Ich habe doch einen Hund«, sagte Judith.

»Und Sie haben einen riesigen Garten«, gab der Arzt zurück.

»Wenn Sie niemanden haben, der mit dem Hund rausgehen kann, muss das eben für drei Tage mal so gehen. Und wenn Sie das Schlimmste überstanden haben, ist frische Luft sowieso das Beste.«

Judith hatte nur mit einem bangen Gefühl an den Schulbeginn gedacht. Nun hatte sie drei Tage gewonnen, aber so hatte sie sich das nicht vorgestellt. Und dann war auch schon Donnerstag.

»Aufstehen! Du musst zur Schule!«

Marianne schüttelte Judith leicht an der Schulter.

Judith öffnete schlaftrunken ein Auge.

»Wie spät ist es denn?«

»Viertel nach sechs.«

Judith stöhnte.

»Boh, ist das früh!«

Marianne lachte.

»Du wirst noch früher aufstehen müssen, wenn ich wieder arbeite. Dann musst du nämlich mit dem Bus fahren. Und der Hund muss auch noch raus. Aber solange ich noch zu Hause bin, fahre ich dich natürlich und kümmere mich um Freya, wenn du in der Schule bist. Dann können wir in aller Ruhe zusammen frühstücken.«

Judith schwang sich aus dem Bett.

»Geht es dir denn besser?« fragte sie besorgt.

»Du siehst immer noch ganz schön platt aus. Vielleicht sollte ich lieber den Bus nehmen.«

»Ach, das geht schon. Die Tabletten schlagen ganz gut an, und Dr. Friedrich sagte ja, ich solle Geduld haben. Ich kann mich nachher noch mal zwei Stunden hinlegen.«

Judith war einigermaßen beruhigt.

»Dann gehe ich mal duschen.«

Marianne hatte den Tisch in der Küche eingedeckt. Für die Terrasse war es noch zu kalt, aber Judith freute sich schon darauf, morgens im Sommer draußen zu frühstücken.

Auf die Schule freute sie sich weniger. Sie hätte es nie zugegeben, aber sie hatte ziemliche Angst, nicht mitzukommen. Das letzte Vierteljahr an ihrer alten Schule war nicht gerade toll gelaufen. Aber schlimmer konnte es ja eigentlich nicht mehr werden. Und notfalls musste sie eben die Klasse wiederholen.

»Hast du alles?«

Judith zuckte zusammen. Viertel nach sieben! Hatte sie am Tisch so lange vor sich hin geträumt?

Marianne gab ihr einen Zettel.

»Hier, ich habe dir alles aufgeschrieben. Wenn du da bist, meldest du dich im Schulsekretariat. Du kommst in die 9a. Deine Klassenlehrerin heißt Frau Bastian. Du hast zufällig in der ersten Stunde Deutsch bei ihr. Sie kann dich dann gleich mitnehmen und dich deiner neuen Klasse vorstellen.«

Judith steckte den Zettel ein und zog sich ihre Jacke an.

Marianne runzelte die Stirn.

»Muss das ausgerechnet an deinem ersten Schultag dieser bunte Fetzen aus Marokko sein?«

»Ist halt meine Lieblingsjacke. Da fühl ich mich wohl drin, die soll mir Glück bringen.«

Marianne schien zu überlegen, ob sie noch etwas sagen sollte und schluckte ihre Antwort dann herunter.

»Ja gut. Dann lass uns losfahren.«

Judith öffnete die Beifahrertür und stieg ein.

Marianne setzte sich auf den Fahrersitz, steckte den Zündschlüssel ins Schloss und drehte ihn herum. Nichts geschah. Marianne spitzte die Lippen und versuchte es erneut. Der Motor gab ein kurzes Brummen von sich und ging sofort wieder aus.

»So ein Mist!« schimpfte Marianne nach dem vierten vergeblichen Versuch, »jetzt springt die Kiste schon wieder nicht an.

Du musst doch mit dem Bus fahren. Beeil dich, sonst verpasst du ihn noch.«

Judith schnappte sich Schultasche und Jacke, stieg aus dem Auto und lief in Richtung Haltestelle. Der Bus kam nicht. Nach zehn Minuten kam ihr das komisch vor, und sie warf einen Blick auf den Fahrplan. Der Bus war vor fünfzehn Minuten gefahren, der nächste kam erst in zwei Stunden. Judith schwankte zwischen Fluchen und Heulen. Das durfte doch nicht wahr sein! Ausgerechnet an ihrem ersten Schultag drei Stunden zu spät zu kommen, war nicht ihre Vorstellung von einem perfekten Tag. Aus der Ferne sah sie ein Auto kommen, das zu ihrer Überraschung anhielt.

»Bus verpasst?«

Es war Petra. Judith nickte.

»Na komm, steig ein.«

Dankbar und erleichtert setzte sich Judith auf den Beifahrersitz.

»Was ist passiert? Hast du verschlafen?«

»Nein«, sagte Judith, »meine Mutter wollte mich eigentlich fahren. Aber unser Auto ist mal wieder nicht angesprungen.«

»Dein erster Schultag hier?«

»Mhm.«

»Okay. Ich fahre dich schnell hin.«

Judith war erleichtert.

Trotzdem fragte sie anstandshalber:

»Macht es auch wirklich keine Umstände?«

»Nein«, sagte Petra, »ich muss sowieso nach Ellernbrook.«

Anscheinend fuhr Petra zur Arbeit. Statt des üblichen Jeans-rocks trug sie einen blauen Hosenanzug mit weißer Bluse und fliederfarbenem Halstuch, Ballerinaschuhe statt der Pantoletten, und ihre Haare hatte sie zu einem Zopf geflochten und hoch-gesteckt.

Die Fahrt dauerte keine zwanzig Minuten.

»Wir sind schon da?« wunderte sich Judith.

»Mit dem Auto geht es schnell. Der Bus hält an jeder Milch-kanne und nimmt alle umliegenden Dörfer mit. Das dauert natürlich viel länger. Pass auf, ich lasse dich da hinten bei der Turnhalle raus. Dann brauchst du nur noch quer über den Hof. Das Schulsekretariat ist dann gleich links neben der Eingangs-tür.«

Die Deutschlehrerin nahm Judith in Empfang und brachte sie in ihre Klasse.

»Ich möchte euch eure neue Mitschülerin vorstellen. Das ist Judith Wagner. Sie kommt aus der Nähe von Köln und ist gerade erst nach Norddeutschland gezogen.«

Sie wies Judith einen Platz in der zweiten Reihe zu.

»Setz dich neben Barbara. Da ist noch ein Platz frei.«

Es waren nur ein paar Schritte bis dorthin, aber Judith hatte das Gefühl, es seien hundert Meter. Alle Augen waren auf sie gerichtet, und ihre neuen Mitschülerinnen (auf den ersten Blick schien es eine reine Mädchenklasse zu sein) tuschelten und ki-cherten. Judith setzte sich kerzengerade in die Bank. Niemand sollte merken, wie unwohl sie sich fühlte. Barbara schob ihr den Stundenplan hinüber. Während sie ihn abschrieb, hatte sie das Gefühl, von dem Mädchen, das vor ihr saß, ständig angestarrt zu werden. Warum sonst sollte sie sich dauernd umdrehen? Judith tat, als schaue sie auf Barbaras Zettel und sah dann unerwartet hoch. Anstatt sich verlegen wieder umzudrehen, starrte das Mädchen ihr nun direkt ins Gesicht, kaute Kaugummi und sah sie abschätzend an. Judith zog die Augenbrauen hoch und schrieb weiter.

»Was ist los, Britta?« fragte Frau Bastian.

»Hier vorne spielt die Musik. Was habe ich gerade gesagt?«

Hier waren sie im Stoff etwas weiter zurück als in der alten Schule. Judith hätte jede Frage beantworten können. Aber Britta zuckte nur mit den Schultern.

Judith schrieb den restlichen Stundenplan ab. Das konnte heiter werden, gleich am ersten Schultag acht Stunden. Zum Glück war es ein Donnerstag. Die erste Stunde verging schnell. Judith war so damit beschäftigt, sich die Namen und Gesichter zu merken, dass sie gar nicht bemerkte, wie die Zeit verging. Auch die kurze Pause war schon gleich wieder herum, denn es ging ans andere Ende der Schule in den Physikraum. Judith hatte sich schon gewundert, warum sich viele der Mädchen so hübsch gemacht und auch Make-up benutzt hatten. Das kannte sie aus ihrer alten Schule nicht. Als sie den Physiklehrer sah, fiel der Groschen. Offensichtlich ein Referendar, höchstens Ende 20, blond, Dreitagebart.

»Oh, ein neues Gesicht!« rief er, als er Judith sah.

»Herzlich willkommen in unserer Schule. Ich bin für das nächste halbe Jahr euer Physiklehrer. Wenn du etwas nicht verstanden hast oder den Stoff in der alten Schule noch nicht gehabt hast, dann frag mich bitte. Ihr sollt doch Spaß am Unterricht haben. Hier muss niemand das Schlusslicht sein.«

Tatsächlich brauchte Judith nicht eine einzige Frage zu stellen. Sie verstand die kurzen Erklärungen wesentlich besser als das langatmige Geschwafel von Dr. Elsenbach. So konnte Physikunterricht also auch sein.

›Das glauben mir Steffie und Tine nie‹, dachte sie.

Britta platzte genau in ihre Gedanken.

»Na, hast dich schon an den Jansen 'rangeschleimt?«

»Nicht mehr als du auch«, sagte Judith.

»He, pass auf, was du sagst.«

»Dann labere mich nicht von der Seite an.«

»Was willst du hier überhaupt? Wir haben genug blöde Tussis in der Klasse. So 'ne Streberin wie du hat mir gerade noch gefehlt.«

›Streberin?‹ dachte Judith irritiert.

Bislang hatte sie nichts getan, um in zwei Stunden schon in diesen Ruf zu geraten, es sei denn, für Britta war es schon Streberei, im Unterricht überhaupt zuzuhören.

»Das kann ich leider nicht ändern«, sagte Judith kühl, »wir haben Schulpflicht. Oder glaubst du, ich gehe *gern* mit dir in eine Klasse?«

Britta kniff die Augen zusammen.

»Du wirst schon sehen, was wir hier mit solchen wie dir machen ...«

Judith ließ sie stehen und folgte den anderen zurück ins Klassenzimmer.

Im Klassenzimmer war es frisch, nachdem während der großen Pause gründlich gelüftet worden war. Judith zog die Schultern hoch und kreuzte die Arme vor der Brust.

»Frierst du?« fragte Barbara.

Judith nickte.

»Ich finde es ganz schön kalt hier oben«, sagte Judith.

»Wir haben zwölf Grad«, sagte Barbara.

»Das ist doch nicht kalt. Und du hast sogar einen Pullover an.«

»Am Rhein ist es schon viel wärmer. Und da ist auch nicht so viel Wind.«

Sie griff nach ihrer Jacke.

»Auch wenn's blöd aussieht, mir ist das hier einfach zu kalt.«

Barbara sah sie bewundernd an.

»Die ist aber toll! Was ist das für ein Muster? Indisch oder afrikanisch?«

»Eher orientalisch. Meine Tante hat sie mir mitgebracht aus Marrakesch.«

»Bist du aus Afrika?«

Britta mischte sich wieder ungefragt in das Gespräch.

»Nee, wie kommst du darauf?«

»Weil du so rumläufst. Hier trägt niemand solche Klamotten, höchstens die Öko-Tanten aus der 10. Klasse.«

»Na und?« erwiderte Judith.

»Ich mag diese Farben und Muster.«

»Also mir wäre das ja peinlich, so herumzulaufen.«

»Dir ist mal was peinlich?« fragte Barbara.

»Das ist ja was ganz Neues.«

Britta zog ein Gesicht und drehte sich wieder um.

Die nächste Stunde war Englisch. Judith fand den Lehrer unsympathisch, ohne dass sie hätte sagen können, warum. Ihre Banknachbarin teilte ihre Meinung. Als Herr Heinz nicht hinsah, streckte sie leicht die Zunge heraus, verzog das Gesicht und zeigte mit dem Finger auf den halboffenen Mund. Judith musste lachen.

Britta drehte sich wieder um.

»Was gibt es bei euch denn schon wieder so Lustiges?«

Judith war froh, daß das Pult zwischen ihnen stand. So konnte sie wenigstens nicht angespuckt werden, denn Britta nahm auch beim Reden den Kaugummi nicht aus dem Mund.

»Miss Afrika, ich rede mit dir.«

Judith sah Britta ins Gesicht und ahmte Barbaras Grimasse nach.

Normalerweise hätte sie sich am ersten Schultag zurück-
gehalten, aber Britta hatte sich von vornherein feindselig gezeigt,
also konnte Judith auch zurückschießen.

»Ruhe da hinten!«

Judith warf einen Blick an die Decke. Würde jetzt jede Stunde
so ablaufen, dass Britta sie anglotzte, dummes Zeug redete und
sich dann eine schlechte Note einfing, weil sie lieber die Mitschülerinnen ärgerte anstatt aufzupassen?

»Denk dir nichts dabei«, flüsterte Barbara ihr zu.

»Die spielt sich immer so auf. Am besten gar nicht beachten.«

›Was für ein Kindergarten!‹

Aber es sollte noch schlimmer kommen.

Nach dem Klingeln hatten sie Französisch. Frau Sommer war
schon älter und der Unterricht ziemlich langweilig. Judith
mochte eigentlich kein Französisch. Aber verglichen mit ihrer
alten Schule würde sie hier gut zurecht kommen. Die Beteiligung
am Unterricht war mäßig. Judith meldete sich mehrmals. Britta
drehte sich zu ihr um und zischte »Streberin!«

»Britta!«

Frau Sommer klopfte mit ihrem Schnellhefter auf den Tisch
und wiederholte ihre Frage. Britta zuckte mit den Schultern, und
die Lehrerin machte eine Notiz in ihrem Notenkalender. Judith
war es egal, was Britta in der Schule so trieb, aber sie wunderte
sich doch. Entweder hatte sie heute einen schlechten Tag, oder
sie war einfach eine der schwächeren Schülerinnen. Auf jeden
Fall fragte sich Judith, wie es Britta bis in die 9. Klasse einer Realschule geschafft hatte.

»Puh!« machte Barbara.

»Bin ich froh, daß wir erst wieder Dienstag Französisch haben.
Das war ja mal wieder gruselig.«

»Findest du?« fragte Judith.

»An meiner alten Schule hatten wir eine total strenge Lehrerin in Französisch. Okay, ist ein bisschen langweilig, aber Frau Sommer ist doch eigentlich ganz nett.«

»Wie man's nimmt«, sagte Barbara.

»Da würde ich lieber mit der 9b tauschen.«

»Wieso?«

»Na, du kennst doch die Lohberg. Das ist die Klassenlehrerin der 9b, die haben bei ihr Französisch und Deutsch. Die hätten wir auch lieber statt Sommer und Bastian. Jedenfalls die meisten. Corinna und Inka wohl eher nicht.«

»Woher sollte ich eure Frau Lohberg kennen?« fragte Judith verblüfft.

Barbara versteifte sich.

»Lass die blöden Spielchen, ja?«

Judith verstand gar nichts mehr.

Drei der Mädchen aus der hinteren Reihe standen plötzlich neben ihr.

»Verarsch uns nicht.«

»Was wollt ihr von mir?«

»Mitkommen!«

Judith zögerte, aber es erschien ihr klüger, die Mädchen nicht zu provozieren.

Also stand sie auf und ging mit. Kurz vor der großen Treppe blieben sie stehen und lehnten sich übers Geländer.

»Schau mal, wer da unten geht!«

Judith warf einen Blick nach unten und traute ihren Augen nicht. Sie kannte erst wenige der Lehrkräfte und neuen Mitschülerinnen, aber Petras feuerrote Locken hätte sie überall wiedererkannt.

Corinna, die offensichtlich die Wortführerin der Clique war, deutete ihren Blick richtig.

»Na also. Ist es dir wieder eingefallen, wer dich heute morgen zur Schule gebracht hat? Das hat noch niemand hinbekommen. Du musst echt 'ne Oberschleimerin sein.«

Judith überlegte, ob sie das Missverständnis aufklären sollte oder ob sie dadurch alles nur noch schlimmer machen würde. Das Pausenklingeln nahm ihr die Entscheidung ab.

Auf dem Weg ins Klassenzimmer flüsterte Corinna ihr ins Ohr: »Komm bloß nicht auf die Idee, hier alles an die Lohberg weiterzuerzählen. Du könntest sonst viel Spaß mit uns haben.«

Corinnas Tonfall versprach eher das Gegenteil.

Und die Mathematikstunde besserte ihre Laune auch nicht gerade. Der Lehrer, ein dürrer älterer Mann mit einem Spitzbart, begrüßte sie kurz und stellte ein paar Fragen. Judith antwortete mechanisch, aber sie war in Gedanken woanders und die Stunde rauschte nur so an ihr vorbei. Dass die Doppelstunde Kunstunterricht, die sie eigentlich noch gehabt hätte, wegen einer Klassenfahrt der Kunstlehrerin ausfiel, war für Judith eine Erleichterung. Der erste Schultag war auch so anstrengend genug gewesen.

An der Straße hielt Judith Ausschau nach ihrer Mutter, aber sie sah nirgends das Auto. Entweder streikte es noch, oder Marianne hatte mit »ich fahre dich« nur den Schulweg am Morgen gemeint oder die ausgefallene Kunststunde nicht eingeplant. Judith hätte am liebsten geheult, als ihr klar wurde, dass sie irgendwie nach Hause kommen musste. Auf gut Glück stieg sie in den nächsten Bus. Wenigstens fuhr niemand aus ihrer Klasse mit. Judith lehnte sich gegen die Scheibe und ließ ihren Tränen freien Lauf.

»Alles aussteigen!« rief der Busfahrer.

Judith sah auf. Wieso war die Fahrt schon zu Ende?

»Das gilt auch für dich, junge Dame!«

»Wir sind doch erst in Oemeland«, sagte Judith verzweifelt.

»Wo musst du denn hin?«

»Nach Vosshagen.«

»Donnerstags fährt um diese Zeit gar kein Bus nach Vosshagen. Die Busfahrpläne hängen von den Stundenplänen ab. Ist bei euch denn Unterricht ausgefallen?«

»Ja«, sagte Judith, »zwei Stunden Kunst. Wann fährt denn der nächste Bus?«

»Na, eben in zwei Stunden.«

Judith sah ihn entsetzt an.

»Wie komme ich denn jetzt zum Vossberg?«

Der Busfahrer schob seine Mütze in den Nacken und dachte nach.

»Pass auf, ich muss den Bus sowieso ins Depot bringen, da kann ich auch über Vosshagen fahren und dich am Vossberg rauslassen. Eigentlich darf ich das nicht, aber wenn das unter uns bleibt …«

»Ich sag's niemandem, Ehrenwort«, versprach Judith.

So kam sie zumindest pünktlich nach Hause.

Marianne hatte sich wie versprochen noch mal aufs Sofa gelegt und schlief tief und fest. Judith war erleichtert, dass ihre Mutter ihr verweintes Gesicht nicht zu sehen bekam. Sie stellte ihre Schultasche in die Ecke, griff nach der Hundeleine und rief nach Freya. Freya kam schwanzwedelnd über die Diele und stupste Judith mit der Schnauze an. Judith ging in die Hocke, streichelte ihren Hund und vergrub ihr Gesicht in dem weichem Fell. Freya legte eine Pfote auf Judiths Knie und begann, Judiths Hände abzulecken. Judiths Tränen flossen erneut, und mit leiser Stimme erzählte sie Freya von ihrem ersten Tag in der neuen Schule. Freya spitzte die Ohren und sah Judith an, als verstünde sie jedes Wort. Dann sprang sie auf und lief ein paar Mal um Judith herum. Judith nahm die Leine wieder auf und befestigte sie an Freyas Halsband, bevor sie mit dem Hund zur Hintertür ging. Heute würde sie die große Runde über die Felder drehen. Sie hatte keine Lust, an der Siedlung vorbeizugehen und mit irgend jemandem zu reden. Vor allem aber wollte sie einer Begegnung mit Petra aus dem Weg gehen.

»*Gott sei Dank, es ist Freitag*«, trällerte es aus dem Autoradio. Dem konnte Judith nur zustimmen. Sechs Stunden Unterricht, dann kam erst mal das Wochenende und Montag war weit weg. Sie fuhr mit Marianne (das Auto war tatsächlich angesprungen), so dass hoffentlich die Hänseleien wegen Petra aufhören würden. Und sicher würde der heutige Schultag besser. Sie hatte eben einen schlechten Start gehabt.

Als sie das Schulgebäude betrat, war sie sich gar nicht mehr so sicher, ob dieser Tag besser würde. Sie hatte sich zwar vorbereitet und auch gewissenhaft ihre Hausaufgaben gemacht, aber seit dem Tod der Tante hatte sie in der Schule ziemlich nachgelassen. Sie würde hart arbeiten müssen, um den Rückstand aufzuholen. Würde sie überhaupt mitkommen? Und wie würde sie auf Dauer mit den Mitschülerinnen klarkommen?

Die erste Stunde war Erdkunde. Ausgerechnet! Unter Erdkunde verstand Judith Geographie und Geologie, aber das hatte nur in der fünften Klasse stattgefunden, danach kamen lauter komische Themen, die in Judiths Augen kaum etwas mit Erdkunde zu tun hatten. Landwirtschaft in Lateinamerika mochte ja ein passendes Thema sein, aber Judith hatte selten eine so langweilige Stunde erlebt. Da waren Brittas Albernheiten schon fast eine spannende Ablenkung. Zumindest würde sie in Erdkunde keine Probleme haben.

Bei Englisch war sie sich da nicht so sicher. Der Lehrplan an ihrer alten Schule war ein ganz anderer gewesen, sie hatte einen viel größeren Wortschatz als die anderen und konnte sich auch mündlich recht gut ausdrücken. In Rechtschreibung und Grammatik jedoch war sie hinter der Klasse zurück. Die Pfingstferien würden wohl dafür draufgehen, den fehlenden Stoff nachzuholen. Judith seufzte und notierte sich einen weiteren Punkt, den sie nacharbeiten musste.

Britta drehte sich wieder einmal zu ihr um.

»Kann es sein, dass das hier zu hoch für dich ist?«

»Kann es sein, dass dich das nichts angeht?«

»Es interessiert mich aber.«

»Schön für dich.«

Herr Heinz schlug mit dem Lineal aufs Pult.

»Ruhe da vorne!«

Britta beugte sich nach vorn und fuhr leiser fort:

»Die Schule in Schleswig-Holstein ist eben anspruchsvoller als in dem Nest, wo du herkommst. Warum gehst du nicht auf die Hauptschule?«

Judith zuckte zusammen. Die Erinnerung an Dr. Elsenbach war zwar ziemlich verblasst, aber immer noch unerfreulich.

»Halt doch einfach die Klappe, du dumme Nuss. Du gehst mir echt auf den Geist.«

»Dumme Nuss!? Hast du dumme Nuss zu mir gesagt!?«

Britta war so entrüstet, dass sie vergaß, leise zu sprechen.

Herr Heinz klopfte erneut mit dem Lineal aufs Pult. Britta reagierte gar nicht.

»Britta! Was ist denn jetzt schon wieder?«

»Sie hat gesagt, ich wäre dumm!«

Herr Heinz verlor die Geduld.

»Schluss jetzt! Du bist zu alt, um noch in die Ecke geschickt zu werden. Aber du kannst mal nach vorne kommen und die Tabelle der unregelmäßigen Verben vervollständigen, die ich an die Tafel geschrieben habe.«

»Wieso bestrafen Sie mich? Die hat doch angefangen.«

»Erstens bestrafe ich dich nicht, sondern ich will deinen Wissensstand überprüfen und sichergehen, dass du etwas lernst, obwohl du ständig irgendwelchen Unsinn machst. Zweitens bist du es doch, die sich ständig nach hinten umdreht und Streit sucht. Und ich möchte nicht, dass du Judith vom Unterricht ablenkst. Also – wird das heute noch etwas?«

»Das wird dir noch leid tun«, zischte ihr Britta auf dem Weg zur Tafel zu.

Judith nagte auf ihrer Unterlippe. In ihrer alten Schule hatte sie sich in der Klassengemeinschaft behaupten können und die meisten Lehrer sonstwohin gewünscht. Hier war es umgekehrt.

»Bevor ich es vergesse«, Frau Bastian blätterte in ihrem Notenheft, »wir schreiben zwar noch eine Klassenarbeit in Geschichte, aber du bist ja gerade erst zu uns gekommen, von dir bräuchte ich noch einen weiteren Leistungsnachweis, um dich fair bewerten zu können.«

»Woran haben Sie denn gedacht?« fragte Judith vorsichtig.

»Ich möchte dich bitten, ein Referat zum laufenden Thema zu halten. Wir behandeln zurzeit den Nationalsozialismus. Such dir ein Thema aus, das damit zusammenhängt.«

Judith schluckte. Sie hasste Referate und stand nicht gern vor der Klasse, um einen Vortrag zu halten.

»Wenn dir nichts einfällt, kann ich dir auch ein Thema vorschlagen.«

»Ich könnte über die Situation der Fremdarbeiterinnen in Deutschland berichten.«

Hatte sie das eben laut gesagt?

Frau Bastian sah sie überrascht an.

»Das ist ja drollig.«

Judith hätte für dieses Thema allerlei Bezeichnungen gehabt. »Drollig« wäre nicht dabei gewesen.

Frau Bastian schien das selbst zu merken.

»Nein, nein, natürlich ist das Thema nicht drollig, aber es ist ein interessantes Zusammentreffen, weil die Schule an einem Projekt teilnimmt, in dem es genau darum geht, und diese Fragestellung wird auch fächerübergreifend behandelt. Von daher freue ich mich, dass du dich dafür interessierst. In drei Wochen hätte ich dann gern das Referat.«

Das Gespräch ging Judith noch nach, als sie sich für die Sportstunde umzog.

»Du kannst mich wohl auch nicht in Ruhe lassen, Marysia«, sagte sie halblaut zu sich selbst. Einige Mädchen sahen sie irritiert an, aber Judith war mit den Gedanken wieder in ihrer alten Schule und versuchte, sich an Einzelheiten aus Christinas Referat zu erinnern. Wo hatte Tine all die Infos her? Daran erinnerte sie sich nicht. Aber sie hatte ja sowieso vor, zu schreiben. Dann konnte sie Tine auch direkt danach fragen.

Judith zwinkerte leicht, zog sich die Turnschuhe an und betrat die Turnhalle. Plötzlich war es ganz still, dann redeten wieder alle durcheinander, aber Judith wurde das Gefühl nicht los, dass die Mädchen gerade über sie geredet hatten.

Der Sportlehrer sorgte mit seiner Trillerpfeife für Ruhe und winkte die erste Schülerin heran. Eva turnte eine komplizierte Figur, Herr Roth hakte die Positionen auf seiner Liste ab und rief die nächste auf.

Judith wurde blass, als sie begriff. Vorturnen nach Noten kannte sie aus ihrer alten Schule nicht. Das Halbjahr war aufgeteilt in Turnen, Gymnastik, Leichtathletik und Mannschaftssport, und für die Notenvergabe riefen die Lehrkräfte dann ihre persönlichen Eindrücke ab.

Inzwischen hatten fast alle Mädchen ihre Übung geturnt. Offensichtlich durften sie sich aus verschiedenen Übungen aussuchen, was sie turnen wollten. Immerhin. Barbara schlug sich ganz gut, Britta trieb den üblichen Unsinn, und Inka und Corinna legten eine beachtliche gemeinsame Übung vor. Judith hätte fast Beifall geklatscht, als Corinna sich zu ihr umdrehte und die Zunge herausstreckte.

Die Stunde war fast herum. Vielleicht blieb ihr die Prüfung heute erspart.

Herr Roth klappte das Buch zu und ging zu Judith.

»Von dir habe ich natürlich noch keine Meldung bekommen, was du vorturnen möchtest. Es wäre auch unfair, dich hier und jetzt zu prüfen, die anderen hatten ja auch zwei Wochen Zeit, sich vorzubereiten. Aber ich würde schon gern sehen, was du kannst. Bist du Bodenturnerin oder möchtest du ans Gerät?«

Judith schluckte. Für ein paar Sekunden zogen wirre Bilder an ihr vorbei, und plötzlich musste sie an Tante Carola denken, die ihr vor Jahren in den Sommerferien einen Aufenthalt auf einem Pferdehof spendiert hatte. Reiten konnte sie, turnen auch – »ich nehme das Pferd«, sagte sie.

Herr Roth sah sie überrascht an.

»In Ordnung«, sagte er.

»Wir haben hinten das Pauschenpferd aufgebaut.«

»Das schaffst du nie«, sagte Corinna hämisch.

»Wart's ab«, sagte Judith nur.

Sie schickte ein Stoßgebet zum Himmel, dass sie den Mund nicht zu voll genommen hatte, schloss die Augen und konzentrierte sich. Dann nahm sie Anlauf und begann. Die Welt um sie schien zu versinken, und sie hätte hinterher nicht mehr sagen können, welche Figuren sie geturnt hatte.

Alle starrten sie an. War sie jetzt gut gewesen, oder hatte sie sich gerade bis auf die Knochen blamiert? Britta vergaß sogar ihren Kaugummi. Barbara hob beide Daumen hoch. Atemlos wartete Judith auf die Bewertung des Sportlehrers.

Herr Roth war sprachlos.

Dann sagte er: »Ich glaube, das können wir als Prüfung durchgehen lassen. Das war eine glatte Eins. Respekt – so etwas bekomme ich hier selten zu sehen.«

Einige Mädchen aus der 9b klatschten begeistert. Aus der eigenen Klasse schien sich nur Barbara mit ihr zu freuen. Judith gab sich cool, obwohl sie sich ärgerte.

›Vielleicht sollte ich nach den Sommerferien an eine Realschule in Bramstedt oder Segeberg wechseln‹, dachte sie.

›Mit Mädchen aus der Stadt komme ich wahrscheinlich besser klar.‹

Und nun wartete erst einmal das Wochenende, und Judith war fest entschlossen, in den nächsten achtundvierzig Stunden weder an die Schule noch die Mitschülerinnen zu denken.

Das Wochenende war viel zu schnell herum. Judith und Marianne hatten ›nur kurz‹ etwas wegräumen wollen und das ganze Wochenende damit zugebracht, die Waschküche und den kleinen Keller auszuräumen, damit Willy später die versprochenen Regale aufstellen konnte. Judith fragte sich, ob sie je fertig würden.

Und schon war wieder Montag, ein langweiliger und ereignisloser Schultag, der mit einem unangekündigten Biologie-Test begann und einer halbwegs erträglichen Geschichtsstunde endete.

»Wie war es in der Schule?« fragte Marianne beim Mittagessen.

»Ach na ja, wie immer«, sagte Judith.

»War 'n bisschen langweilig, allein in der Bank zu sitzen.«

»Wieso, was ist denn mit Barbara?«

»Keine Ahnung«, sagte Judith, »die war heute nicht da. In der Schule grassiert wohl gerade so'n Magen-Darm-Virus.«

»Und wie war es sonst so?«

»Wir haben über das Schulpraktikum gesprochen«, fiel Judith ein.

»Nach Pfingsten ist eine Woche extra frei, in der Zeit sollen wir uns Betriebe ansehen und ein Praktikum machen. Schließlich müssen wir ja langsam an unsere Bewerbungen denken.«

»Das Thema hatten wir doch schon in der alten Schule«, sagte Marianne.

»Du wolltest doch in einer Tierarztpraxis arbeiten.«

»Ja«, sagte Judith, »ich hatte ja auch alle Praxen im Umland angeschrieben oder abtelefoniert und nur Absagen bekommen. Vielleicht sollte ich doch etwas anderes machen.«

Marianne sah sie fragend an, und Judith überlegte in aller Eile, was in Frage käme. Optikerin? Krankenschwester? Yogalehrerin? Zahnarzthelferin? Physiotherapeutin? Oder doch Tierarzthelferin?

»Und woran hast du gedacht?«

»Bibliothekarin«, sagte Judith.

Das war nicht gerade ihr Traumberuf, aber ihr fiel nichts anderes ein.

»Oder aber ich gehe nach dem Abschluss weiter zur Schule und mache das Abitur.«

»Dann musst du dich in der Schule aber mehr anstrengen«, sagte Marianne nüchtern.

»Für die Aufnahme ins Gymnasium brauchst du einen entsprechenden Notendurchschnitt.«

Judith verbarg ein Grinsen. Wenn Marianne so etwas wusste, hatte sie sich anscheinend selbst schon Gedanken darüber gemacht.

»Das passt schon«, sagte Judith.

»Und dann werde ich Ärztin und gehe nach Afrika.«

Judith hatte nie darüber nachgedacht, tatsächlich Ärztin zu werden. Aber es wäre eine gute Basis, nach Afrika zu kommen.

Afrika und der Orient hatten sie schon als kleines Kind fasziniert. In den letzten Jahren allerdings hatte Judith kaum noch davon gesprochen, später nach Afrika zu gehen. Ihre Mutter hatte jedes Mal sehr heftig darauf reagiert. Auch jetzt wurde sie kreidebleich und beendete abrupt die Diskussion.

»Darüber reden wir, wenn du die Abiturprüfung geschafft hast. Noch bist du in der Realschule, und du brauchst einen Praktikumsplatz. Warum denkst du nicht einfach mal darüber nach, während du mit dem Hund 'rausgehst?«

Das war eine gute Idee, bevor das Gespräch ausuferte und es zu einer der alten Streitereien kam, deren Ursache Judith nie verstanden hatte. Und heute würde sie die ganz große Runde drehen.

Sie rief nach Freya und überlegte, in welche Richtung sie gehen sollte. Vielleicht zum Wildbach? Wenn sie gleich hinter dem Haus den Sandweg entlang ging und die Abkürzung über den Wirtschaftsweg hinter dem Thies-Hof nahm, kam sie gar nicht erst am Grundstück Nr. 21 vorbei. Freya war das egal, sie freute sich auf ihre Runde und lief ausgelassen neben Judith her. Judith hatte keine große Lust, über Praktika und Berufsberatung nachzudenken, aber sie musste wenigstens so tun und Marianne eine Idee präsentieren, falls die beim Abendessen danach fragte. Wenn sie wirklich nach dem Realschulabschluss weiter zur Schule ging, war das Praktikum auch nicht so wichtig. Die Vorschläge der Klassenlehrerin, eine Ausbildung als Steuerfachgehilfin oder Rechtsanwalts- und Notargehilfin zu machen, waren zwar gut gemeint, aber Judith wusste jetzt schon, dass sie nicht im Büro arbeiten wollte. Dann schon eher als Gärtnerin. Judith beschloss, sich weiterhin um einen Praktikumsplatz als Tierarzthelferin zu bewerben. Wenn das nicht klappte, konnte sie immer noch im Städtischen Krankenhaus ein Praktikum als Krankenschwester machen.

»Du hast dich ja schon ganz schön auf die Medizin fest-gebissen«, hatte Marianne gesagt, die das irgendwie zu stören schien.

»Erzieherin ist doch auch ein schöner Beruf. Warum rufst du nicht mal im Kindergarten an und fragst da nach einem Praktikum?«

Wenn es Marianne glücklich machte, konnte sie ihr den Ge-fallen ja tun. Sie musste ja später nicht automatisch auch dort eine Ausbildung machen.

Judith war so in Gedanken, dass ihr gar nicht auffiel, während der ganzen Strecke dreimal vom gleichen Mann gegrüßt zu wer-den. Sie erwiderte abwesend den Gruß und ging weiter. Erst als sie schon fast den Sandweg hinter Petras Grundstück erreicht hatte, sah sie den Mann erneut. Er stand mit zwei anderen Män-nern an der kleinen Brücke am Thies'schen Bach und sah ständig zu ihr herüber. Judith hatte sich schon unwohl gefühlt, als sie die kleine Gruppe von weitem gesehen hatte und beim Näher-kommen beschlossen, über die Streuobstwiese am hinteren Ende von Petras Grundstück wieder auf den Hauptweg zu gelangen. Aber es war schon zu spät. Die jungen Männer hatten sie bereits entdeckt und kamen auf sie zu.

»Ach sieh mal an! Ist das nicht die Lütte, die jetzt in Karlis Haus wohnt?«

»Oh ja!« rief der andere.

»Und guck mal, was die für schicke Sachen hat.«

Er streckte die Hand nach Judiths Schal aus.

Judith wich zurück.

»Fass mich nicht an!«

Die Männer lachten.

»Ach, so eine bist du! Denkst wohl, du bist zu gut für uns«, sagte der erste Mann.

»Das haben wir aber gar nicht gern.«

»Das kann ich auch nicht ändern.«

Judiths Knie wurden weich, aber ihre Stimme blieb fest.

»Hör zu, Mädchen, wenn du hier bleiben willst, musst du aber wesentlich netter sein, wenn du verstehst, was ich meine.«

Judith verstand durchaus, verzog aber keine Miene.

»So?«

Er sagte nichts, sondern lächelte nur boshaft.

Judith wusste nicht, was sie tun sollte. Stehenbleiben, wegrennen oder laut rufen?

Freya wurde unruhig. Als der Mann näherkam und den Arm ausstreckte, um Judith am Handgelenk zu packen, begann sie zu knurren, erst leise, dann immer stärker. Ihre Ohren richteten sich auf, ihr Fell sträubte sich und ihre Augen richteten sich auf den Mann. Freya war ein mittelgroßer Hund, aber plötzlich wirkte sie wie ein Bernhardiner. Die anderen beiden Männer wichen zurück, doch ihr Angreifer kam noch näher. Gerade als er Judiths Arm berührte, sprang Freya an ihm hoch, legte ihre Pfoten auf seinen Arm und berührte mit ihrer Nase fast sein Kinn, während sie bedrohlich knurrte. Der Mann ließ Judith los, stolperte rückwärts, drehte sich um und rannte davon. Freya folgte den Männern mit lautem Kläffen noch einige hundert Meter, zwickte sie mit ihren spitzen Zähnen in die Waden, blieb dann stehen und bellte noch eine Weile hinter ihnen her, bevor sie umdrehte und zu Judith zurückkehrte.

Judith streichelte den Hund.

»Verzeih mir, Freya«, sagte sie leise.

»Ich habe immer gedacht, du bist ein Schisshase. Aber du bist ja eine echte Heldin.«

»Du siehst immer noch schlecht aus«, sagte Marianne besorgt, während sie den Tee einschenkte.

»Gestern nachmittag gleich ins Bett gegangen, und heute

morgen gefällst du mir auch nicht. Vielleicht möchtest du lieber zu Hause bleiben?«

»Nee, lass mal«, sagte Judith.

»Ist schon okay. Wenn es gar nicht geht, kann ich dich ja immer noch anrufen.«

»Na gut, wenn du meinst.«

Schweigend tranken die beiden ihren Tee.

Freya bellte.

»Wer kann das denn sein, um diese Zeit?« wunderte sich Marianne.

Judith hob die Schultern.

»Scheint jemand Bekanntes zu sein.«

»Wie kommst du darauf?«

»Das hört man doch am Bellen.«

Marianne sah ihre Tochter zweifelnd an, als es an der Küchentür klopfte und Petra vorsichtig hereinkam, hinter ihr der Dorfpolizist. Marianne räumte hastig die alten Zeitungen von der Eckbank und holte zwei weitere Tassen.

»Ich wollte dich nachher nicht aus dem Unterricht holen lassen«, sagte Petra, »aber es ist schon wichtig, deshalb sind wir gleich hergekommen. Judith, kennst du Willy?«

»Das ist doch unser Nachbar aus Nummer 11«, sagte Judith.

»Ja«, sagte Willy, »aber heute bin ich dienstlich hier.«

»Wieso?« fragte Marianne, »ist etwas passiert?«

Petra sah Judith überrascht an.

»Hast du das deiner Mutter nicht erzählt?«

»Was soll Judith mir erzählt haben?«

Petra und Willy wechselten einen Blick.

»Bitte reg dich jetzt nicht auf«, sagte Willy zu Marianne.

»Deine Tochter hat nichts angestellt. Aber ich muss ihr ein paar Fragen stellen.«

Judith war genau so überrascht wie ihre Mutter. Woher wusste Willy, was passiert war?

Willy zückte seinen Notizblock.

»Also, dann erzähl mal von gestern nachmittag.«

Judith berichtete knapp, was sie erlebt hatte. Marianne wurde immer blasser.

»Warum hast du nichts gesagt? Wir können doch über alles reden.«

Ja, warum? Dafür gab es genügend Gründe, die Marianne sicher lieber nicht wissen wollte. So wählte sie den naheliegendsten.

»Freya hat die Männer gebissen. Nachher kommt sie noch dafür ins Tierheim, und das will ich nicht.«

»Hervorragend!« rief Willy.

Jetzt verstand Judith gar nichts mehr.

»Weißt du, wir haben hier in den umliegenden Dörfern seit einiger Zeit Ärger mit ein paar jungen Männern, überwiegend Diebstähle, kleinere Brände, aber auch Überfälle und Belästigung. Wir haben auch einen konkreten Verdacht, konnten es aber nie beweisen. Deine Beschreibung stimmt mit den Verdächtigen überein. Und wenn dein Hund sie gebissen hat, dann müssen sie Verletzungen haben. Dann kriegen wir sie endlich. Bauer Thies hat eine Belohnung ausgesetzt wegen der Brandstiftung an seiner Strohmiete. Wenn wir sie drankriegen, dann deinetwegen. Dann bekommst du auch die Belohnung.«

Das Geld war Judith völlig egal. Aber die Männer würden keine Mädchen mehr in der Feldmark belästigen. Und die Heldin war sowieso Freya.

»Aber wenn Judith es nicht mal mir erzählt hat, woher wisst ihr dann davon?« fragte Marianne.

»Ich war hinten an der Streuobstwiese«, sagte Petra, »und habe alles beobachtet. Ich hatte Willy gleich angerufen, die Hunde geholt und bin zum Feldweg, um dir zu helfen, aber du warst schon weg, und Freya hatte ganze Arbeit geleistet. Das hätten Ben und Micky auch nicht besser hingekriegt.«

Sie zwinkerte Judith zu.

»Bist du sicher, daß sie neben Collie, Spitz, Schäferhund und Golden Retreiver nicht auch einen Wolf unter ihren Vorfahren hat?«

Willy steckte den Notizblock ein.

»Eventuell musst du noch mal zu einer Gegenüberstellung. Das ist aber nicht schlimm. Ich komme dann heute abend noch mal vorbei wegen dem Protokoll.«

»Na, da hast du ja einiges zu erzählen in der Schule«, hatte Marianne gesagt, als sie Judith auf dem Parkplatz vor der Schule aussteigen ließ.

»Ja, na klar«, hatte Judith abwesend geantwortet.

Aber Barbara war noch krank, und Judith wußte nicht, wem sonst sie davon hätte erzählen sollen.

In der Schule war die Geschichte sowieso noch nicht herum, die meisten kamen aus Ellernbrook selbst und nahmen Ereignisse aus den Dörfern kaum zur Kenntnis. Auch waren Willy und seine Kollegen ja erst unterwegs zu den Übeltätern. Falls es überhaupt in die Zeitung kam, dann erst am nächsten Tag, so dass in der Schule erst in zwei Tagen darüber geredet würde, und vermutlich würde das auch niemand mit ihr in Verbindung bringen. Das war Judith auch lieber so.

Im Sportunterricht konnte sie sich austoben und so die Gedanken an das Erlebte gut beiseite schieben. Die zweite Stunde war Französisch. Judith stellte überrascht fest, dass sie weniger Schwierigkeiten als erwartet hatte. Sie konzentrierte sich auf den Unterricht, schon um nicht an den vergangenen Nachmittag denken zu müssen. In Englisch, Mathematik und Biologie funktionierte das auch, erst in der Geschichtsstunde kamen die Bilder wieder.

Die Pausenklingel riss sie aus ihren Gedanken, und eilig packte sie ihre Sachen in die Schultasche.

»Judith?«

Sie stopfte das letzte Buch in die Tasche und sah auf die Uhr.

In fünf Minuten ging der Bus, und sie wollte nicht wieder Petra bitten, sie mitzunehmen.

»Judith, ich rede mit dir.«

Entnervt drehte sie sich um.

»Frau Bastian, der Schulbus geht gleich. Hat es Zeit bis morgen?«

»Du bist katholisch, stimmt das?«

Anscheinend war Marianne nicht die einzige, die seltsame Zeiten für seltsame Gespräche wählte.

»Ja, wieso?«

»Als Katholikin bist du nicht verpflichtet, am evangelischen Religionsunterricht teilzunehmen.«

›Sehr witzig‹, dachte Judith, ›wegen so 'nem Schwachsinn hält die Tussi mich auf? An dieser Schule gibt' s doch gar keinen Religionsunterricht.‹

Die Klassenlehrerin fuhr fort, ohne Judiths Unruhe zu beachten.

»Dafür stehst du auf der Teilnahmeliste für das Fach *katholische Religion.*«

»Was bedeutet das?« fragte Judith.

»Ich weiß nicht, was du für ein Weltbild von Norddeutschland hast, jedenfalls sind wir um religiöse Toleranz bemüht. Immerhin gibt es dreizehn katholische Schüler an dieser Anstalt, mit dir sind es vierzehn. Einmal in der Woche kommt der Pfarrer aus St. Annen, damit ihr im katholischen Glauben unterwiesen werdet.«

»Na toll. Ich nehme mal an, ich muss da hin?«

»Das ist ganz normaler Unterricht. Du kannst dich davon

nur dann befreien lassen, wenn du nicht getauft bist. Aber dann stündest du wohl kaum auf der Liste für katholische Religion.«

Judith rollte mit den Augen und warf einen verstohlenen Blick auf die Uhr an der Wand. Der Bus war gerade weg.

»Und wann findet die Stunde statt?«

Frau Bastian blätterte in ihrem Notizbuch.

»Der Unterricht findet im Raum der Klasse 10 c statt, und zwar ...« sie warf nun selbst einen Blick auf die Uhr – »... in fünf Minuten. Pfarrer Wegener habe ich vorhin schon gesehen. Du brauchst also nicht zu hoffen, dass der Unterricht ausfällt.«

»Ausgerechnet Don Rudolpho«, kicherte Inka.

»Der ist doch heiliger als der Papst.«

Einige Mädchen warfen Judith mitleidige Blicke zu, andere zeigten offene Schadenfreude.

»Ach, du Arme. Pass auf, der behält dich gleich zum Beichten da.«

Judith drehte sich um.

Natürlich Britta.

›Blöde Ziege‹, dachte Judith.

Laut sagte sie nur:

»Ach wirklich?«

Britta zuckte zusammen, gab aber noch nicht auf.

»Also ich hätte keine Lust, da jeden Freitag abzuhängen und meine Sünden 'runterzubeten.«

»Samstag«, korrigierte Judith.

»Wir beichten samstags.«

»Ist doch egal. Ich bin jedenfalls froh, daß ich nicht katholisch bin.«

»Nee«, sagte Judith, unschlüssig, ob sie Britta die Zunge herausstrecken oder sie einfach stehen lassen sollte, »davon würdest du auch nicht netter, egal wie oft du zum Beichten gehst ...«

Ein Schatten fiel über den Tisch.

113

Frau Bastian hob kaum die Stimme, aber plötzlich war es still im Raum.

»Judith, beeil dich, sonst kommst du gleich zur ersten Sitzung zu spät. Und du, Britta, wirst mir einen dreiseitigen Aufsatz über religiöse Toleranz schreiben, wenn ich noch einmal höre, dass du dich über andere Konfessionen lustig machst oder eine Mitschülerin wegen ihrer Religion hänselst. Haben wir uns verstanden?«

Brittas Antwort bekam Judith nicht mehr mit. Sie hatte tatsächlich nur noch eine Minute Zeit, den Klassenraum der 10 c zu finden.

Judith schimpfte leise vor sich hin, als sie sich auf die Suche nach dem Klassenzimmer 10 c machte.

Sie hatte nie mit Pfarrern zu tun gehabt, war nicht einmal gefirmt.

Soweit Judith wusste, gab es in Mariannes Bücherschrank auch keine Bibel.

Und nun das!

Verärgert zählte sie die Türen ab – 9 b, 9 c, 9 d, 10 a, 10 b, 10 c ...

Hier musste sie hin.

Judith zögerte einen Augenblick, dann öffnete sie die Tür.

Das Klassenzimmer war klein. Anscheinend waren in der 10 c höchstens 15 Schülerinnen. Die 13 katholischen Schulkinder waren aus allen Klassen der Realschule zu einer Klasse zusammengefasst worden. Für Judith waren alles fremde Gesichter. Vom Schulbus her kannte sie niemanden.

Die Tische und Stühle waren im Kreis angeordnet. Auf einem der Stühle saß ein Mann in Mariannes Alter mit einer altmodischen Brille und einem freundlichen Lachen. Statt der schwarzen Kleidung trug er eine Jeans und ein kariertes Hemd.

Judith stutzte. War *das* der Pfarrer?

»Du wolltest sicher zu uns?«

›Wollen ist gut‹, dachte Judith

»Wenn das hier katholische Religion ist ...«

»Dann bist du Judith. Ich bin Rudi Wegener von der Gemeinde St. Annen. Ich freue mich, dich kennenzulernen.

Setz dich, wo du magst – das hier ist kein förmlicher Unterricht.«

Das fing besser an als erwartet. Trotzdem blieb Judith misstrauisch.

Der Pfarrer blätterte in einem Heft.

»So, jetzt, wo wir alle da sind, sollten wir uns mal über die Themen einigen, die ihr vor den Osterferien vorgeschlagen habt. Was haben wir da? Den Katechismus, klar, bei den Jüngeren steht die Erstkommunion ins Haus, Christ sein im Alltag, sehr schönes Thema, die Rolle der katholischen Kirche in der heutigen Zeit, ist die Beichte zeitgemäß, Sinn und Unsinn des Zölibats, gibt es einen Gott – also, da sind schon gute Sachen bei. Was interessiert dich besonders, Judith?«

»Die Rolle der Kirche im Nationalsozialismus«, sagte sie herausfordernd.

»Ein heißes Eisen ...«

»Zu heiß für einen Diener Gottes?«

Pfarrer Wegener lächelte, nicht im mindesten schockiert oder verärgert.

»Ich würde gerne mit euch darüber reden, sagen wir, nicht vor den Pfingstferien. Schließlich muss ich mich etwas vorbereiten.

Du bist ein kritisches Mädchen, das gefällt mir. Ich freue mich auf unsere Diskussionen.«

Judith biss innerlich in die Tischkante. Sie hatte gehofft, den Pfarrer mit ihrem Vorschlag derart zu provozieren, dass er sie aus dem Unterricht ausschloss. Statt dessen griff er das Thema bereitwillig auf.

Aber so schnell gab Judith nicht auf.

»Darf ich Sie mal etwas fragen?«

»Natürlich.«

»Was für einen Sinn hat es eigentlich, strikt nach den Regeln der Kirche zu leben, wenn man nach dem Tod feststellt, dass das alles Schwachsinn war? Dann ist es ja ein bisschen spät, was zu ändern, oder?«

Die beiden Jungen aus der 5. Klasse guckten Judith entrüstet an. Einige Mädchen kicherten, einige wirkten verunsichert.

Der Pfarrer blieb gelassen.

»Sehr umsichtig, sich schon *vor* dem Tod darüber Gedanken zu machen«, sagte er trocken.

»Aber ganz ehrlich – bereitet dir dieser Gedanke wirklich schlaflose Nächte, oder willst du mich vielleicht doch ein ganz kleines bisschen ärgern?«

Er sah ihr direkt ins Gesicht.

»Nein, wirklich, das beschäftigt mich total«, sagte Judith scheinheilig.

»Dann will ich dir mal was sagen. Es gibt vier Möglichkeiten.

Die erste ist – du lebst gottlos und stirbst auch so. Wenn es kein Leben nach dem Tod gibt, kann dich niemand zur Verantwortung ziehen für das, was du aus deinem Leben gemacht hast. Sehr bequem, nicht wahr?

Die zweite Möglichkeit ist ein bisschen unangenehmer – du lebst und stirbst gottlos und stellst hinterher fest, dass es doch jemanden gibt, der über dir steht. Dumm gelaufen, würde ich sagen.

Möglichkeit drei ist natürlich die Idealform des christlichen Lebenswandels – du folgst den Lehren Christi und wirst dafür später reich belohnt.«

»Und die vierte Möglichkeit?«

Die Frage kam nicht von Judith, sondern von dem Mädchen, das neben ihr saß.

Judith selbst hatte es die Sprache verschlagen.

»Nun, das ist doch ganz einfach. Ihr folgt den Lehren Christi und gebt eurem Leben damit einen Sinn, auch wenn ihr ins große Nichts eingeht. Aber ihr hinterlasst etwas sehr Wichtiges – ihr hinterlasst der nächsten Generation das Wissen, was sie tun soll. In Krisenzeiten und bei elementaren Entscheidungen werden sich eure Freunde, eure Kinder und Enkelkinder fragen, wie ihr euch in einer bestimmten Lage verhalten hättet. Dann ist die Bibel mit ihren Lehren eben euer moralischer Kompass. Wenn auch mit dem Tod alles vorbei ist, so tragt ihr durch euer Leben dazu bei, dass nicht alles umsonst war. Auch das ist eine Form der Unsterblichkeit.

Je dunkler die Welt wird, desto wichtiger sind Menschen, die Lichter anzünden. Zum Beispiel während des Nationalsozialismus, um deinem Thema vorzugreifen.

Vielleicht habe ich deine Frage nicht vollständig beantwortet, aber glauben schließt denken nicht aus.«

›Zwei zu null für dich‹, dachte Judith.

Ob Inka überhaupt einmal ein längeres Gespräch mit »Don Rudolpho« geführt hatte? Judith bezweifelte es.

Judith stand gerade unschlüssig vor dem Kakao-Automaten (so etwas gab es an ihrer alten Schule nicht), als sie unerwartet angesprochen wurde.

»Guten Morgen, Judith. Ich soll dir einen Gruß von Barbara ausrichten.«

Judith brauchte einen Moment, bis sie das Mädchen erkannte.

»Du bist Eva, oder?«

»Genau.«

Eva nickte so heftig mit dem Kopf, dass die langen Zöpfe hin und her schwangen.

»Wir haben doch zusammen Sportunterricht. Übrigens – wie

du da letzte Woche auf dem Pferd geturnt hast, das war ganz großes Kino. Bist du im Sportverein oder so?«

»Nö«, sagte Judith.

»Wir hatten eine Sport-AG in meiner alten Schule.«

»Wir haben demnächst ein Turnier gegen die Realschule in Rüsternau. Ich wette, der Roth hat dich schon auf die Liste gesetzt.«

Das hörte Judith zum ersten Mal.

Eva kam auf das erste Thema zurück.

»Also, wie gesagt, ich soll dich von Babsi grüßen.«

»Wie geht's ihr denn?«

»Soweit ganz gut. Ich denk mal, sie ist Montag wieder fit.«

Judith überlegte.

»Wie ist das mit Hausaufgaben? Gibt es da in der Klasse eine Regelung, wer wem Bescheid sagt?«

»Ruf sie doch einfach an. Sie freut sich bestimmt.«

»Wir sind gerade erst hergezogen und haben noch kein Telefon.«

»Stimmt, ja, das hat sie mir erzählt.«

Wieso redete Barbara mit den Mädchen aus der anderen Klasse über sie?

Eva schien ihre Gedanken zu erraten.

»Babsi ist meine Cousine.«

Sie steckte Kleingeld in den Schlitz und zog sich einen Kakao.

»Wie gefällt es dir so bei uns?«

Gute Frage, dachte Judith.

»Na ja, es ist halt alles noch ungewohnt«, sagte sie vorsichtig.

»Das wird schon«, sagte Eva.

»Hoffentlich«, sagte Judith nur.

»Wir haben kaum Jungs in unserem Jahrgang«, erklärte Eva.

»In einer Mädchenklasse ist irgendwie immer Zickenalarm, und um Inka und deren Clique beneide ich dich auch nicht gerade. Die sind schon ziemlich ... äh ... speziell ...«

So konnte man es auch nennen.

Die Schulglocke bimmelte zum ersten Mal.

»Oh Mist«, sagte Eva, »ich muss los. Die Lohberg kann es nicht leiden, wenn man zu spät kommt. Wir sehen uns.«

Judith staunte. Petra hatte auf sie einen eher lockeren Eindruck gemacht. Als Lehrerin schien sie streng zu sein. Aber nun sollte sie sich beeilen, bevor sie selbst zu spät kam.

Frau Bastian drückte ihr einige Hefte und einen kleinen Brief in die Hand.

»Das soll ich dir geben, mit einem schönen Gruß von Pfarrer Wegener. Der war ja ganz angetan von dir.«

Das bezweifelte Judith zwar, aber sie freute sich trotzdem.

Als Frau Bastian gerade nicht hinsah, öffnete sie den Brief und begann zu lesen:

Liebe Judith,
ich freue mich, dass Du nun am katholischen Religionsunterricht teilnimmst. Wir hatten bislang noch keine Gelegenheit zu einem ausgiebigen Gespräch über den Glauben und die Bibel. Daher habe ich Dir ein paar Sachen zusammengestellt und würde mich freuen, wenn Du Dir das zu Hause einmal ansiehst. Natürlich werden wir auch im Unterricht darüber sprechen, gerade wegen der Erstkommunion von Tim und Wiebke, aber dann bist Du schon mal im Stoff drin. Ich hatte den Eindruck, dass Du Dich nicht so sehr mit den formalen Punkten des Glaubens auskennst, aber bereit bist, mit uns auf die Suche zu gehen. Gern würde ich Dich dabei unterstützen, für Dich herauszufinden, was Glaube und Religion für Dich und Dein Leben bedeuten könnte.
Bei Fragen oder Problemen bin ich immer für Dich da.
Herzliche Grüße,
Rudi Wegener

Sie steckte Brief und Hefte in die Schultasche und überlegte. Die meisten Erwachsenen, die sie kannte, behandelten sie wie ein Kind. Ernsthafte Gespräche auf Augenhöhe kannte sie nicht. ›Don Rudolpho‹ hatte sie neugierig gemacht. Und was die Schule betraf – vielleicht hatte sie einfach zu früh aufgegeben. Notfalls konnte sie nach den Ferien immer noch in die 10 b wechseln. Sie beschloss, bis Pfingsten abzuwarten und sich erst dann zu entscheiden, ob sie die 10. Klasse in Bad Bramstedt verbringen würde oder nicht.

Das Gespräch mit dem Pfarrer beschäftigte Judith einige Tage lang. Sie fing an, sich auf den Religionsunterricht zu freuen.

Am Donnerstag sagte sie beiläufig zu Marianne:

»Ich möchte die Erstkommunion nachholen.«

»Wie du willst«, sagte Marianne nur.

»Dann fahren wir heute zum zuständigen Pfarrbezirk und melden dich an.«

Das Wetter war schlecht, und das Radio hatte für den Abend überfrierende Nässe angesagt. Marianne wäre gerne gleich nach St. Annen gefahren, aber am Nachmittag kam der Klempner, den Willy ihnen empfohlen hatte, und so kamen Marianne und Judith nicht vor fünf Uhr los.

Zum Glück hatte Marianne vorher angerufen, so dass das Büro noch besetzt war, als sie ankamen. Die Sekretärin im Kirchenbüro überprüfte Judiths Taufschein (Judith sah dieses Dokument an diesem Tag zum ersten Mal), blätterte in ihrem Kalender und in diversen Heften und rief dann über das Haustelefon den Pfarrer an.

Wenig später stand ein älterer Mann im Talar vor ihr.

»Fräulein Wagner? Ich bin Pfarrer Dombrowski.«

»Guten Tag, Herr Pfarrer.«

Judith hatte keine Ahnung, wie man einen Geistlichen ansprach und hoffte, die Anrede sei passend.

»Sie möchten sich für nächstes Jahr zur Firmung anmelden?«

»Nein«, sagte Judith.

»Ich möchte die Erstkommunion nachholen. *Dieses* Jahr.«

Der Pfarrer zog die Augenbrauen hoch.

»Die Erstkommunion findet drei Wochen nach Ostern statt, und Sie waren noch nicht mal im Vorbereitungskurs dafür und sind für die Kindergruppe auch viel zu alt.«

Er überlegte.

»Wir könnten höchstens Erwachsenentaufe und anschließende Firmung durchführen und die Erstkommunion überspringen.«

»Ich *bin* getauft.«

»Hm, dann machen wir folgendes: ich spreche mit dem Bischof wegen einer Sonderregelung. Dann werden wir sechs bis acht Einzelsitzungen machen, in denen ich Sie auf die Firmung vorbereite. Dann könnten wir nach Pfingsten die Zeremonie durchführen.«

Er gab Judith und Marianne die Hand.

»Ich melde mich dann bei Ihnen, sobald ich einen Termin beim Bischof habe.«

Judith hatte das Gefühl, keine fünf Minuten im Pfarramt gewesen zu sein. Trotzdem war es schon dunkel, als sie sich auf den Heimweg machten.

»War das eben euer Don Rudolpho?« fragte Marianne.

»Nein«, sagte Judith.

»Aber den sehe ich ja am Dienstag, vielleicht gibt es dann ja schon Neuigkeiten.«

Sie war etwas enttäuscht. Mit einem anderen Pfarrer hatte sie gar nicht gerechnet. Aber vielleicht übernahm ja Pfarrer Wegener die Sitzungen, wenn sie ihn danach fragte.

Es war bereits etwas neblig, und Marianne fuhr nicht einmal besonders schnell.

Den Rehbock sah sie erst im letzten Augenblick.

Marianne riss den Lenker herum und versuchte eine Vollbremsung, aber es war schon zu spät. Die Bremsen griffen nicht mehr, und der Wagen schoss auf den Graben zu.

»Scheiße!« kreischte sie.

Judith schloss die Augen, als der Wagen von der Straße rutschte.

›Wie sich tot sein wohl anfühlt?‹ war ihr letzter bewusster Gedanke.

Als sie wieder zu sich kam, lag sie auf dem Asphalt.

Marianne kniete neben ihr und schlug ihr gegen die Wange.

»Wach auf, Judith, bitte, wach auf ...«

»Was ist passiert?« murmelte sie undeutlich.

»Gott sei Dank, du lebst!«

Mühsam erhob sich Judith.

»Mir ist nichts passiert – nur der Schreck ...«

Sie sah sich um. Der Rehbock war natürlich nicht mehr da.

»Bin ich aus dem Auto geflogen?«

Marianne legte den Arm um sie.

»Nein, nein, du warst ja angegurtet. Ich hab dich 'rausgezogen. Ich hatte solche Angst um dich.«

»Und was machen wir jetzt?«

»Zu Fuß nach Hause oder auf Hilfe warten.«

Judith fand beide Aussichten wenig verlockend. Immerhin herrschten Temperaturen um den Gefrierpunkt. Schließlich entschieden sich die beiden, auf ein vorbeikommendes Auto zu warten.

Nach über einer Stunde hielt endlich jemand an.

»Kann ich Ihnen helfen?«

Judith kam der Mann vertraut vor, und sie überlegte, woher sie ihn kennen könnte. Schließlich fiel es ihr wieder ein – es war der »Trecker-Mann«, den sie in Jeans und Pullover und ohne den Traktor zunächst nicht erkannt hatte.

»Ich müsste mal telefonieren.«

»Oh, ich habe aber gar kein Handy.«

»Würden Sie uns dann zur nächsten Telefonzelle fahren, um einen Abschleppdienst anzurufen?«

Der Trecker-Mann sah Marianne an, als spräche sie Chinesisch.

»Damit Sie noch zwei Stunden in der Kälte stehen? Sie sind doch schon ganz durchgefroren. Warten Sie.«

Er ging an seinen Kofferraum und holte ein Abschleppseil, das er an Mariannes Wagen befestigte.

Wenige Minuten später stand das Auto wieder auf der Straße.

»Versuchen Sie mal, den Wagen zu starten. Ich warte so lange, falls er nicht anspringt.«

Natürlich sprang das Auto nicht an.

»Macht nichts«, sagte er, »dann schleppe ich Sie eben ab. Wo möchten Sie denn hin?«

»Nach Hause.«

Er lachte und fragte nach.

»Und wo ist das?«

»Der Erlenhof in Vosshagen.«

»Oh!«

Ihr Helfer zog überrascht die Augenbrauen hoch, sagte aber nichts.

Zwanzig Minuten später waren sie auf dem Hof.

»Das war sehr freundlich von Ihnen«, sagte Marianne.

»Kann ich Ihnen etwas anbieten, einen Kaffee vielleicht oder etwas zu essen?«

»Zu einem Kaffee sage ich nicht nein. Haben Sie zufällig eine Taschenlampe?«

»Eine Taschenlampe?«

»Ich möchte nur mal einen Blick unter die Motorhaube werfen. Vielleicht ist es nur eine Kleinigkeit. Ich komme in zehn Minuten zum Kaffee.«

Aus den zehn Minuten wurden fast zwanzig.

»Das muss ich mir morgen in Ruhe ansehen«, sagte er.

»Vielleicht kann ich es dann gleich hier reparieren.«

Er lächelte, als er Mariannes zweifelnden Blick sah.

»Keine Sorge, ich kenne mich wirklich damit aus. Ich bin gelernter Mechaniker.

Ich bin übrigens der Christian. Christian Böge. Wir haben einen kleinen Hof in Oemeland.«

»Marianne. Marianne Wagner. Und das ist meine Tochter Judith.«

Judith spitzte die Ohren. Seit wann nannte sich Marianne nur noch Wagner? Bedeutete das, dass sie mit Thomas endgültig fertig war?

Christian stellte die leere Kaffeetasse ins Spülbecken.

»Ich komme dann morgen früh vorbei wegen dem Auto. Vielen Dank für den Kaffee.«

Judith lief gerade in Richtung Bushaltestelle, als ein Auto neben ihr hielt.

»Hallo Judith!«

Sie brauchte einen Augenblick, dann fiel ihr ein, wer der Mann war.

»Oh, hallo Christian.”

Fast hätte sie »Trecker-Mann« gesagt.

»Kann ich dich mitnehmen?«

Ihr war schon als kleines Kind eingebleut worden, nicht allein zu fremden Männern ins Auto zu steigen. Und Christian kannte sie erst seit dem vergangenen Abend.

»He, Wagner!« schrie Corinna hinter ihr her.

»Du bist gleich fällig, dass du's weißt!«

Judith öffnete entschlossen die Beifahrertür und stieg zu Christian ins Auto. Ob er ein verrückter Spinner war, konnte sie nicht wissen. Aber sie wusste, was ihr blühte, wenn sie mit den

Mädchen ihrer Klasse allein an der Bushaltestelle stand. Christian war das kleinere Übel.

Britta rannte ihr sogar bis zum Auto nach und schnitt wüste Fratzen.

»Warte nur bis Montag!« schrie sie hinter ihr her.

Christian drehte die Scheibe herunter und grinste Britta an.

»Bist du für so 'nen Kinderkram nicht langsam zu alt?«

Britta starrte ihn an.

»Du kannst mich mal.«

»Kein Interesse«, sagte Christian ungerührt.

»Schönen Tag noch.«

Er startete den Motor und fuhr vom Parkplatz.

»Das war doch Britta Mohn«, sagte er.

»Geht die in deine Klasse?«

»Ja, leider«, sagte Judith.

»Schikaniert sie dich?«

»Sagen wir, sie versucht es. Aber das ist so albern und kindisch, die nimmt in der Klasse sowieso niemand ernst. Unser Englischlehrer wollte sie sogar schon in die Ecke schicken, wie 'ne Erstklässlerin.«

»Lass dir nichts gefallen. Die hat einfach eine Macke, so lange ich mich erinnern kann.«

»Woher kennst *du* sie denn?«

»Ihre Familie wohnt in der gleichen Straße wie wir. Als sie noch jünger war, hat sie die kleineren Kinder aus dem Dorf gepiesackt, ihnen ihre Sachen weggenommen und ähnliches. Keine Ahnung, was mit dem Mädchen nicht stimmt. Sie hat vor Jahren mal meine kleine Cousine im Dorfteich untergetaucht, obwohl Lena nicht schwimmen konnte, und als ich die Kleine dann endlich aus dem Wasser gezogen hatte, kam Britta noch mit blöden Sprüchen. Die habe ich ganz schön zusammengefaltet. Seitdem geht sie mir aus dem Weg.«

Judith hatte keine Lust, sich nach Schulschluss noch mit Brittas Seltsamkeiten zu befassen.

Sie wechselte das Thema.

»Ich habe mich noch gar nicht richtig bedankt wegen gestern abend.«

»Das war doch selbstverständlich.«

»Schön wär's. Ich habe die Autos gezählt, die einfach vorbeifuhren. Es waren elf oder zwölf.«

Christian pfiff durch die Zähne.

»So was finde ich 'ne Sauerei. Magst du 'ne Cola? Auf dem Rücksitz müssten noch 'n paar Dosen liegen.«

Judith drehte sich um und fischte eine Dose aus einem speckigen Karton.

Überhaupt sah es ziemlich chaotisch aus in dem Auto. Alte Zeitungen, leere Coladosen, zerknüllte Zigarettenschachteln – Judith musste lachen: Christian war noch unordentlicher als Marianne.

»Tut mir leid«, sagte er, ihren Blick richtig deutend.

»Wenn ich gewusst hätte, dass ich heute noch weibliche Begleitung habe, hätte ich vorher aufgeräumt.«

»Mich stört es nicht. Marianne ist genau so eine Chaotin.«

»Sprichst du deine Mutter mit Vornamen an?«

»Hat sich irgendwann so ergeben.«

»Ach so, ja, klar«, sagte Christian verständnislos.

»Wie geht es übrigens unserem Auto?«

»Ich habe es mir heute morgen noch mal angesehen. Nichts Großes, aber ohne Hebebühne komme ich da nicht 'ran. Ich hab' den Wagen in unsere Werkstatt geschleppt – wahrscheinlich habt ihr ihn heute nachmittag schon wieder.«

»Hoffentlich wird das nicht so teuer«, murmelte Judith.

»Ach, wo. Mein Chef ist schließlich kein Unmensch.«

»Und deswegen holst du mich extra von der Schule ab?«

»Zu meiner Zeit waren die Busfahrpläne ziemlich un-koordiniert. Ich habe bestimmt einmal in der Woche den Bus verpasst, und dann konnte ich sehen, wie ich nach Hause kam. Außerdem hatte ich gerade Feierabend, da war es für mich kein großer Umweg, bei der Schule vorbeizufahren.«

»Hat dir schon mal jemand gesagt, dass du 'n total netter Kerl bist?«

Christian grinste.

»Deine Mutter. Vor zwanzig Minuten.«

Das Auto lief wieder. Christian hatte Marianne allerdings ge-raten, sich bei Gelegenheit nach einem anderen Auto umzusehen. Judith hoffte, dass sie auf den Rat auch hören würde. Zumindest kam sie am Montag pünktlich in die Schule. Die erste Stunde war Biologie, und der Stapel mit den Tests lag auf dem Pult, allerdings hatte die Lehrerin die Angewohnheit, wie üblich die Stunde ab-zuhalten und die Tests erst fünf Minuten vor der Pause zurück-zugeben. Bis alle Tests verteilt waren, hatte es schon zur Pause geklingelt. Judith warf einen Blick auf den Zettel und schluckte. Mit einer Vier minus hatte sie eigentlich nicht gerechnet. Sie fal-tete den Zettel, schob ihn in ihre Mappe und zog sich aufs WC zurück, um nachzudenken. Das Abgangszeugnis der alten Schule war erwartungsgemäß schlecht ausgefallen, und Dr. Elsenbach hatte es sich nicht nehmen lassen, ihr noch eine Fünf in Physik zu geben. Im Sommerzeugnis wäre sie damit sitzen geblieben.

So aber bestand noch eine Chance, das Schuljahr zu schaffen. In den meisten Fächern kam sie ja bislang gut mit. In Biologie sah das offensichtlich anders aus, aber das würde sie schon hin-bekommen. An der Mathematik-Hausaufgabe hatte sie über eine Stunde gesessen, und Englisch hatte sie nach einer halben Stunde aufgegeben. Aber wenn sie versetzt werden wollte, musste sie sich ihren Lücken stellen.

Judith wagte einen Vorstoß.

Sie meldete sich im Englischunterricht und gab zu, die indirekte Rede im Englischen nicht verstanden zu haben.

»Könnten Sie das noch mal erklären? Im Buch wird das so kompliziert beschrieben.«

Die Klasse kicherte. Judith hatte nichts anderes erwartet.

Herr Heinz rief mehrere Schülerinnen auf, von denen keine die Aufgabe richtig gelöst hatte. Mit einem Mal gab die halbe Klasse zu, Probleme bei der Hausaufgabe gehabt zu haben. Der Englischlehrer erklärte das Ganze noch einmal, und plötzlich ging Judith ein Licht auf.

Ob das auch in anderen Fächern funktionierte? Jetzt wollte sie es wissen.

Als der Mathelehrer die Aufgaben abfragte, meldete sie sich freiwillig.

Herr Classnitz rief sie an die Tafel und ließ sie die Hausaufgabe vorrechnen.

»Na also«, sagte er, »wenn man sich anstrengt, kann man auch etwas erreichen.

Du hast deine Aufgaben einwandfrei gelöst.«

Judith atmete auf. Selbst wenn sie nach den Sommerferien noch einmal die Schule wechselte, würde sie zumindest keine großen Lücken mehr haben.

»*Du hast deine Aufgaben einwandfrei gelöst*«, ahmte Britta später den Lehrer nach.

»Wieso kannst du plötzlich so gut prozentrechnen und den ganzen anderen Käse? Hast du 'nen Nachhilfelehrer oder bei Barbara abgeschrieben?«

»Nein«, sagte Judith.

»Ich hab's mal mit Lernen probiert.«

»Ach so. Ich dachte schon …«

»Was?«

Britta grinste hämisch, und Judith ärgerte sich, überhaupt nachgefragt zu haben.

»Na ja, weil du ja seit neuestem mit Chris Böge abhängst – hätte ja sein können, dass der jetzt die Hausaufgaben für dich schreibt. Aber ganz ehrlich, was willst du eigentlich mit dem Penner? Der ist doch viel zu alt für dich.«

Judith brauchte einen Moment, um den Zusammenhang herzustellen.

»Das ist doch totaler Quatsch, was du da redest. Außerdem geht es dich überhaupt nichts an, mit wem ich mich treffe.«

»Wenn du nicht langsam mal runterkommst und aufhörst, die großkotzige Madame zu spielen, kriegst du hier richtig Ärger. Dafür sorge ich schon.«

Jetzt reichte es Judith. Sie warf den Kopf zurück, straffte die Schultern und ging auf Britta zu, die unwillkürlich einen Schritt zurückwich.

»Jetzt hör mir mal gut zu«, zischte sie.

»Ich weiß nicht, wer dir ins Gehirn geschissen hat, und es ist mir auch egal. Aber quatsch mich noch einmal blöd von der Seite an, dann kannst du was erleben.«

»Das wird dir noch leid tun«, zischte Britta zurück, »wart's nur ab.«

Judith lachte.

»Was kannst du mir denn schon tun? Du hast doch bloß eine große Klappe und nichts dahinter, außer glotzen und dumme Sprüche bringen kommt von dir doch nichts. Ein kleines Kind im Dorfteich absaufen, dazu reicht's bei dir, und darauf bist du wahrscheinlich auch noch stolz. An mich traust du dich doch schon gar nicht mehr 'ran. Und *du* willst *mich* mit deinem Gesabbel kleinkriegen? Ernsthaft? Das ist echt der Witz der Woche. Ich hatte schon nach fünf Minuten an dieser Schule von dir die Schnauze voll. Ich brauche mich nicht hinter Chris zu verstecken, mit dir werde ich schon ganz allein fertig. Und wenn du mehr Verstand hast als eine Milbe, dann hältst du künftig deine Klappe und gehst mir aus dem Weg.«

Britta sah sich verunsichert in der Klasse um.

Doch niemand schien bereit, sie zu unterstützen.

Dafür fing Judith einige anerkennende Blicke auf.

Judith nutzte den Augenblick aus. Eine solche Gelegenheit kam so schnell nicht wieder. Sie drehte sich zu Inka und Corinna um.

»Das gilt übrigens auch für euch. Eure blöden Sprüche kann ich auch nicht mehr hören; glaubt ihr echt, dass ich nichts Besseres zu tun habe, als jeden Tag zu Petra zu rennen und ihr den neuesten Klatsch aus der Klasse zu erzählen? Das interessiert die doch gar nicht. Bildet euch bloß nicht ein, dass ich auch nach Schulschluss noch an euch denke, ich bin froh, dass ich euch nachmittags nicht mehr sehen muss und habe gar keine Lust, mich noch mit euren Lästereien zu beschäftigen. Wenn ihr mich nur deshalb ablehnt, weil ich zufällig neben einer Lehrerin wohne, mit der ihr ja anscheinend ein fettes Problem habt, dann könnt ihr euch eure tolle Clique sonstwohin stecken. Da habe ich nämlich gar keinen Bock drauf, das ist mir viel zu blöd. Ich will von euch nur eins – lasst mich einfach in Ruhe!«

Sie knallte ihre Bücher auf den Tisch und fixierte die Mädchen aus der dritten Bankreihe. Inka guckte genau so verunsichert wie Britta. Corinna spielte mit der Zunge an ihrer Zahnspange und schien nachzudenken.

»Ich habe hier bis jetzt nicht viel Anschluss gefunden, in der Schule sowieso nicht, aber auch nicht in der Siedlung. Petra ist fast sowas wie 'ne Freundin. Das mache ich mir doch nicht kaputt durch ›Stille Post‹ und ähnlichen Kinderkram! Wenn euch das nicht passt, ist das euer Problem. Ich gehöre doch sowieso nicht dazu, egal wen ich nach Schulschluss treffe oder auch nicht. Also – was wollt ihr eigentlich von mir?«

Die Klassentür öffnete sich und schlug mit einem Knall wieder zu.

Frau Münzer begann mit den Unterricht mit dem üblichen Monolog. Judith blinzelte. Das war ja noch langweiliger als sonst. Die Mädchen schickten sich gegenseitig Zettelchen, um nicht einzuschlafen. Alles wie immer, und trotzdem fühlte sich diese Stunde anders an. Das spürte selbst die Lehrerin.

»Ruhe da hinten! Was macht ihr da eigentlich?«

»Ach nichts«, sagte Inka.

Frau Münzer drehte sich wieder zur Tafel, und das Rascheln und Wispern ging weiter.

»Wenn ich noch ein Wort höre, lasse ich die Klasse nachsitzen! Annalena, was habe ich gesagt?«

Das Mädchen schrak hoch.

»Daß wir nachsitzen müssen?«

Frau Münzer rollte mit den Augen.

»Nein, vorher.«

»Äh ...«

»Meine Damen, das hier ist keine Spaßveranstaltung.«

Das hatte Judith auch schon gemerkt. Die Fleißfächer waren immer die langweiligsten Sitzungen.

Frau Münzer ging nach hinten, um für Ruhe zu sorgen.

Den Moment nutzte Barbara, um ihr einen Zettel von Corinna zuzustecken.

Wir gehen nach der Schule eine Pizza essen. Kommst Du mit?

Judith warf einen Blick auf die Uhr. Fast halb vier. Ob Marianne sehr wütend über die Verspätung sein würde?

»Ach, da bist du ja!« rief Marianne, als Judith die Küche betrat.

Sie schien überhaupt nicht ärgerlich zu sein.

»Wie war dein Tag?« fragte Judith vorsichtig.

Es *musste* einen Grund für Mariannes gute Laune geben, und Judith hatte eine böse Ahnung.

›Lass es nicht mit Thomas zusammenhängen‹, betete sie stumm.

»Ich habe heute einen Brief bekommen«, sagte sie.

Judith verzog das Gesicht.

»Von Thomas?«

»Thomas? Ach, Blödsinn. Von Silvia.«

Judith überlegte, ob sie Silvia kennen müsste. Der Name sagte ihr etwas, aber sie wusste nicht, woher.

»Wahrscheinlich erinnerst du dich nicht mehr an sie. Sie ist eine alte Freundin von mir. Wir haben früher viel zusammen unternommen.«

»Und warum kommt ihr nicht mehr zusammen?«

Marianne nagte auf ihrer Unterlippe.

»Jetzt kann ich es dir ja erzählen. Thomas war hinter ihr her. Dauernd hat er versucht, sie anzubaggern.«

»Deine *Freundin*?«

»Meine Freundin, ja.«

»Und?«

»Nichts *und*. Sie ist zu mir gekommen und hat es mir erzählt. Aber ich habe ihr nicht geglaubt. Ich dachte, sie wäre bloß eifersüchtig.«

»Aber jetzt glaubst du ihr?«

»Ja. Ich habe damals einen Fehler gemacht. Ich hätte nicht meine Freundin in die Wüste schicken sollen, sondern meinen Mann.«

»Und woher weiß sie, dass du jetzt in Norddeutschland lebst?«

»Weil ich ihr *geschrieben* habe. Sie will mich nächste Woche für ein paar Tage besuchen, und wir wollen uns mal gründlich aussprechen.

Ist das nicht toll?«

Judith fand das gar nicht. Mariannes Freundinnen hatten ihr allesamt nicht besonders gefallen. Wer wusste, wie diese Silvia war.

»Du sagst ja gar nichts.«

»Ich freue mich für dich.«

»Wer war denn das eben am Telefon?« fragte Judith.

»Christian. Er hat mich gefragt, ob ich Lust auf Kino habe. Komm doch mit.«

Eigentlich hatte Judith früh ins Bett gehen wollen.

»Was läuft denn?«

»Der neue Film mit Harrison Ford.«

»Alles klar. Ich gehe duschen.«

Christian kam pünktlich um halb acht vorbei.

»Hast du Karten vorbestellt?« fragte Judith.

»Nö. Das brauchst du hier nicht. Wir sind doch nicht in der Großstadt.«

Das Kino war von außen gar nicht zu sehen. Ohne die beiden Glaskästen an der Mauer wäre Judith überhaupt nicht auf die Idee gekommen, dass hier ein Kino sein könnte.

Christian parkte hinter einem Supermarkt.

»Da wären wir. Wir müssen nur die Treppe beim Fitnessstudio 'rauf.«

Das Kino befand sich im zweiten Stock hinter einer unscheinbaren Glastür. Hinter der Kasse und der Popcornbude gab es nur zwei Filmräume.

›Ach so‹, dachte Judith. Sie war an die Großkinos der Stadt gewöhnt, in denen mindestens 10 Kinosäle untergebracht waren.

Christian löste drei Karten.

»Saal 1«, sagte die Frau an der Kasse.

»Du kennst dich ja hier aus.«

Der Verkäufer an der Popcornbude grinste breit.

»Tach, Chris.«

»Tach, Pedder.«

»Wo hast du denn Claudia gelassen?«

»Das geht dich gar nichts an«, sagte Christian.

»Reg dich nicht auf, Alter. Was ist denn nun?«

»Was soll sein?«

»Sei doch nicht so oberempfindlich. Ist es aus?«

»Nerv nicht. Sieh lieber zu, dass du 'ne Tüte Popcorn, 'n Bier und zwei Cola 'rüber wachsen lässt. Andere wollen auch noch was bestellen, bevor der Film anfängt.«

Marianne nahm Christian die Getränke ab, während er bezahlte.

Peter starrte sie an.

»Hast du wegen der mit Claudia Schluss gemacht?«

»Blödmann«, murmelte Christian.

Er nahm das Popcorn und winkte Judith und Marianne in den Saal 1.

»Der Film war toll«, waren sich die drei einig.

»Wollt ihr gleich nach Hause?« fragte Christian.

»Oder wollen wir noch irgendwo 'ne Pizza essen?«

»Pizza ist gut«, sagte Judith.

»Schließlich können wir morgen ausschlafen.«

»Ich nicht«, sagte Christian, »aber ich bin das frühe Aufstehen gewohnt.«

»Ich kenne mich hier nicht aus«, sagte Marianne.

»Wo können wir denn um die Zeit noch hingehen?«

»Zu Franco«, schlug Christian vor.

»Wir könnten was trinken und uns eine Pizza teilen – die Portionen sind echt riesig.«

Das *Franco* war brechend voll, aber sie fanden noch einen Tisch in der Ecke.

»Schön hier«, sagte Marianne.

»Nicht wahr? Aber du siehst müde aus.«

»Ich *bin* müde. Aber ich kenne hier kaum Leute, und ich hab' mich so über deinen Anruf gefreut. Ich dachte mir, wenn ich jetzt nein sage, fragst du mich nie wieder.«

Christian sah sie überrascht an, dann lächelte er.

»Ich hatte Angst, du würdest nein sagen.«

»Ich geh mal zum Klo«, sagte Judith leise.

Sie musste überhaupt nicht, aber sie hatte plötzlich das Gefühl, zu stören.

Warum hatte Marianne sie eigentlich dabeihaben wollen?

Oder hatte sie nur aus Höflichkeit gefragt und erwartet, dass Judith zu Hause blieb?

Judith trieb sich zehn Minuten auf dem Klo herum. Aber irgendwann musste sie wieder an ihren Tisch zurück.

Marianne wühlte gerade in ihrer Handtasche und fischte ihre Zigarettenschachtel heraus.

»Hast du mal 'ne Zigarette für mich?« fragte Christian.

»Klar.«

»Ich dachte, du rauchst nicht«, sagte Judith.

»Selten«, sagte Christian.

»Aber als mit Claudia Schluss war, war ich ganz schnell bei 15 Zigaretten am Tag. Ist 'ne Scheißgewohnheit, ich weiß. Ich bin grad mal wieder dabei, aufzuhören.«

»Aha«, sagte Judith nur.

Marianne lächelte.

»Ich kenne das. Als meine Ehe in die Binsen ging, hab' ich auch wieder angefangen.«

»Was ist passiert?«

»Der ist mit anderen Frauen losgezogen. Ich teile nicht gern.«

»Ich auch nicht«, sagte Christian.

Judith suchte fieberhaft nach einem unverfänglichen Gesprächsthema.

»Kanntest du eigentlich Onkel Karl?«

»Ja, klar«, sagte Christian.

»Mathilde ist meine Patentante. Ich war als Kind oft auf dem Erlenhof zu Besuch. Da war er natürlich schon ziemlich verwirrt. Immerhin ist er 93 geworden.«

»Wieso *natürlich*?« fragte Judith.

»Es sind doch nicht alle alten Leute verwirrt.«

»Bis Mitte achtzig fehlte ihm gar nichts«, sagte Christian.

»Dann ist seine Schwester gestorben, und er wurde komisch. Ein bisschen verschroben war er ja immer, aber völlig klar im Kopf. Das war er dann nicht mehr, er hatte kein Gefühl mehr für Zeit und Ort, lebte in der Vergangenheit und bekam aus heiterem Himmel Wutanfälle oder weinte. Zuerst dachten alle, es wäre die Trauer um Charlotte, und schoben es auf das Alter, als es schlimmer wurde. Er kriegte kaum noch etwas mit, und sein Hausarzt suchte schon nach einem Heimplatz. Bei der Aufnahmeuntersuchung haben sie dann gemerkt, dass er *Alzheimer* hat und ein schwaches Herz. Er ist dann gar nicht mehr ins Heim gekommen, sondern Mathilde hat ihn zu Hause versorgt, und er ist im eigenen Bett gestorben.

Die Verwandten wollten ja auch das Testament anfechten, weil er angeblich nicht mehr alle Sinne beisammen hatte. Daraus wurde aber nichts, weil die letzte Fassung mindestens zwölf Jahre alt war und sie nicht beweisen konnten, dass er da vielleicht schon dement war.«

»Erzähl uns ein bisschen von ihm«, bat Marianne.

»Ihr habt ihn nicht gekannt?«

Christian war überrascht.

»Nein«, sagte Marianne.

»Frag mich nicht, *warum* er seinen Neffen enterbt und gerade uns den Erlenhof vermacht hat.«

»Das ist eine traurige Geschichte«, sagte Christian.

»Onkel Karl – ich hab' ihn immer Onkel genannt, obwohl wir gar nicht verwandt waren – also Onkel Karl hatte einen Zwillingsbruder, Wilhelm, und eine jüngere Schwester, Charlotte. Er war der ältere Zwilling und bekam den Hof am Vossberg 19. Der Hof ist aber vor Ewigkeiten mal geteilt worden, so dass Wilhelm das Grundstück am Vossberg 21 mit einigen Koppeln geerbt hat. Wilhelm hatte fünf Kinder, Eva, Christiane, Hannelore, August und Hans-Wilhelm. Der August ist allerdings schon als Kleinkind gestorben.«

»Hatte Onkel Karl denn keine Familie?«

»Doch, hatte er. Das hat seinen Bruder ziemlich geärgert, weil Rebecca Rosenbaum was Besseres war als seine eigene Frau, und Geld hatte sie auch. Und sie hatten nur ein Kind, Sarah, da muss man sich natürlich nicht so einschränken, wie wenn man fünf hat.«

»Und wieso hat dann nicht Sarah den Hof geerbt?«

Christian stocherte in den Resten seiner Pizza herum und schob den Teller dann zur Seite.

»Rebecca und Sarah waren eines Tages verschwunden und sind irgendwann für tot erklärt worden«, sagte er knapp.

Judith und Marianne wechselten einen Blick.

Hatten die geheimnisvollen Zimmer über der Diele Sarah und Rebecca gehört?

»Man verschwindet doch nicht so einfach«, sagte Judith.

»Wenn sie mit dem Kind fortgegangen ist, wird sie doch irgendwann die Scheidung eingereicht haben.«

»Du hast mich nicht verstanden«, sagte Christian ungeduldig.

»Sie hat ihren Mann nicht verlassen. Sie musste fliehen.«

»Fliehen?«

Jetzt verstand Judith gar nichts mehr.

»Hat sie etwas angestellt?«

»Das spielte 1942 wohl keine Rolle.«

»Sie war *Jüdin*«, sagte Judith, die allmählich begriff.

»Aber warum hat Onkel Karl dann die Familie enterbt?«
Christian sah plötzlich sehr müde aus.

Er griff nach Mariannes Schachtel und nahm eine weitere Zigarette heraus. Seine guten Vorsätze, das Rauchen aufzugeben, schien er vergessen zu haben. Nach einer ganzen Weile, als Judith bereits glaubte, Christian würde auf die Frage nicht antworten, sagte er:

»Weil sein Bruder an dem ganzen Unglück schuld ist. Er wollte alles, und es war ihm egal, wie er es bekommen würde.

Erst zeigte er Onkel Karl wegen Rassenschande an, dann verriet er seine Schwägerin und seine Nichte an die Nazis. Eine schöne Stange Geld hat er dafür bekommen und ein Gutteil Land vom Hof seines Bruders.

Aber als man kam, um sie abzuholen, waren die beiden verschwunden. Anscheinend ist ihnen in letzter Sekunde noch die Flucht gelungen.

Nach dem Krieg bekam Onkel Karl das enteignete Land zurück, aber seine Frau und Tochter blieben verschwunden. Mathilde hielt die Wohnung in Schuss, durfte aber nichts wegräumen oder verändern, alles musste so bleiben, wie es war. Für ihn war das wohl wichtig, aber ich war als Kind nicht oft da oben, mir war das zu unheimlich.«

»Mir auch!« entfuhr es Judith.

»Dann haben wir uns das doch nicht eingebildet, wir ...«

»Ist gut jetzt, Judith«, unterbrach Marianne knapp.

»Wie ging es weiter mit Onkel Karl, nachdem er hier allein war?«

»Er hat weiterhin Landwirtschaft betrieben, zunächst mit Hilfe der Nachbarn, aber die blieben bald weg, er wurde immer wunderlicher. Dann gab es noch Hein, den Knecht. Der ist vor

25 Jahren in Rente gegangen. Daraufhin hat Onkel Karl alles verpachtet und nur das Hofgrundstück für sich behalten. Mathilde hat den Haushalt geführt und Tante Charlotte gepflegt, und Hein kam noch zweimal in der Woche, hat den Garten versorgt und war so eine Art Hausmeister, Laub fegen, Schuppen streichen und so. Außer den Dreien war ja zum Schluss auch niemand mehr da. Hein ist in den 80er Jahren dann gestorben, ein paar Jahre vor Charlotte, und danach verfiel hier alles. Hilfe wollte er nicht annehmen, er hat alle rausgeworfen, den Arzt, die Gemeindeschwester, den Pastor und die wenigen Nachbarn, die regelmäßig nach ihm gesehen haben.

Mit seinem Bruder und dessen Familie hat er nie wieder ein Wort gesprochen, solange er klar im Kopf war, außer mit Christiane, die war seine Lieblingsnichte, und er hat geschworen, eher überall Feuer zu legen als seinem Bruder und dessen Sohn auch nur einen Fußbreit zu hinterlassen.«

Judith war entsetzt.

Marianne verzog keine Miene. Mit einer knappen Bewegung packte sie ihre Sachen in die Handtasche zurück und sagte:

»Wir sollten jetzt gehen.«

Auf der Rückfahrt sprach sie kein Wort.

Judith nagte auf ihrer Unterlippe herum. Sie hatte geglaubt, geschickt das Thema gewechselt zu haben, als sie nach dem unbekannten Onkel fragte. Statt dessen hatte sie unwissentlich in ein Wespennest gestochen.

Christian hielt vor dem Erlenhof und ließ Marianne und Judith aussteigen.

»War nett«, sagte Judith, der nichts besseres einfiel.

»Danke.«

»Schon okay.«

Christian zögerte einen Moment, als wolle er noch etwas sagen, dann startete er den Motor wieder.

»Man sieht sich«, sagte er nur.

Marianne hob den Kopf und wirkte sehr unnahbar.

»Klar«, sagte sie.

»Man sieht sich.«

In dieser Nacht schlief Judith nicht besonders gut. Sie wurde das Gefühl nicht los, Marianne und Christian den Abend versaut zu haben.

Marianne hatte sie *gefragt*, ob sie mitkommen wollte.

»Ja, und?« sagte Judith laut zu sich selbst.

»Ich hätte auch *nein* sagen können. Eigentlich wollte ich doch früh ins Bett gehen. Ich warte seit Monaten, dass mal ein netter Mann auftaucht, und kaum kommt einer, mache ich alles kaputt. Echt toll!«

Judith ärgerte sich tagelang über sich selbst.

Doch dann wurde ihr Hund krank, und darüber vergaß sie Marianne und Christian.

Es fing damit an, dass Freya nicht aufstand, als Judith sie rief.

Sie lag in ihrem Körbchen und winselte. Ihre Augen waren glasig.

Judith rief sofort beim Tierarzt an.

»Es tut mir leid«, sagte die Sprechstundenhilfe, »er macht Hausbesuche. Bitte versuchen Sie es über das Mobiltelefon.«

Judith versuchte es zweimal, aber jedesmal sprang die Mailbox an. Judith hinterließ zwei dringende Nachrichten.

Sie wartete zehn Minuten, aber Dr. Degenhardt rief nicht zurück.

Judith versuchte zum drittenmal, den Tierarzt auf seinem Handy zu erreichen.

Das Netz brach zusammen.

Freya lag auf dem Boden und winselte leise. Dann bellte sie zweimal.

Ein Auto fuhr auf den Hof.

»Na endlich!«

Die Ungeduld ließ Judith jegliche Höflichkeit vergessen.

»Kommen Sie auch noch mal?«

»Wie bitte?«

Die Frau hinter dem Lenker sah Judith belustigt an.

»Ich wusste gar nicht, dass ich so gefragt bin.«

Judith hätte sie erwürgen können.

»Ich versuche seit Stunden, Degenhardt zu erreichen. Aber der gibt sich ja mit Kleinvieh nicht ab. Na, wenigstens hat er seine Assistentin geschickt.«

»Assistentin?«

»Sie sind doch Tierärztin?«

Das Grinsen der Frau wurde breiter.

›Verflixt‹, dachte Judith, ›woher kenne ich diese Frau?‹

»Ja, ich bin Tierärztin.«

Sie stieg aus dem Wagen und holte einen Kasten aus dem Kofferraum.

»Was kann ich denn für dich tun?«

»Mein Hund«, sagte Judith, nun den Tränen nahe, »mein Hund stirbt ...«

Die Frau untersuchte Freya gründlich, stellte Judith verschiedene Fragen nach früheren Krankheiten und nach den letzten Mahlzeiten des Hundes. Dann nickte sie.

»Kannst du was ab?« fragte sie.

»Weiß nicht«, sagte Judith.

»Wieso?«

»Weil' s gleich eklig wird. Ich muss ihr ein Brechmittel verpassen.«

»Egal. Hauptsache, sie wird gesund.«

»Hast du Senf im Haus?«

Sie rührte eine scharf riechende Mischung zusammen, die sie

Freya mit Judiths Hilfe einflößte. Nach kurzer Zeit begann der Hund zu würgen. Judith war erleichtert. Dennoch biss sie die Zähne zusammen, als es soweit war und Freya sich auf den Fliesen übergab.

Die Ärztin gab dem Hund noch zwei Spritzen.

»Pass auf, dass sie nicht alles frisst, was sie sieht. Das war eine klassische Vergiftung wie aus dem Lehrbuch. Ich habe ihr jetzt etwas zur Beruhigung gespritzt. Sie wird ein paar Stunden schlafen. Wenn wieder so etwas ist, ruf' bloß sofort einen Tierarzt. Zehn Minuten später, und dein Hund wäre gestorben.«

»Aber Sie sind doch gekommen.«

»Das war Zufall. Ich bin nicht von hier, und ich kenne keinen Degenhardt.«

»Wer sind Sie denn?«

»Ich bin Silvia Meerland, eine alte Freundin deiner Mutter. Hat sie dir nicht erzählt, dass ich diese Woche kommen wollte?«

»Doch, natürlich ...«

Silvia war Tierärztin! Das hatte Judith nicht gewusst. Wer wusste, was diese Woche noch für Überraschungen bereithielt.

Marianne freute sich.

»Du hast mir gefehlt, weißt du. Ich hoffe, du musst nicht gleich wieder abreisen.«

»So, wie es aussieht, werde ich eine ganze Weile bleiben. Macht es dir wirklich nichts? Ich kann auch in einer Pension wohnen, wenn dir das lieber ist.«

»Sei nicht albern. Ich könnte hier ein ganzes Pfadfinderlager unterbringen, und es ist hier ziemlich einsam.«

Silvia nickte.

»Nett hast du' s hier«, sagte sie.

»Und du siehst besser aus als früher. Die Trennung von Thomas scheint dir zu bekommen.«

»Es war schon richtig, dass ich's gemacht habe«, sagte Marianne, »aber glaub' nicht, dass es mir leichtgefallen ist.«

Silvia zog ein Gesicht.

»So was ist nie einfach. Du hast es wenigstens schon hinter dir.«

»Das klingt, als wolltest du dich von Martin trennen.«

»Du hast es erfasst, meine Liebe.«

»Hast du 'nen anderen?«

»Nö«, sagte Silvia, »die Männer können mir im Moment gestohlen bleiben.«

»Hat er 'ne andere?«

»Weiß ich nicht. Ist mir auch egal.«

»Nanu? Ihr wart doch immer so ein Traumpaar.«

»Betonung auf *Traum*«, sagte Silvia.

»Ich mach's kurz, ich will euch nicht langweilen. Martin und ich haben zusammen 'ne Kleintierpraxis. Der Laden läuft bombig, und wir wollten uns vergrößern, mit einer weiteren Sprechstundenhilfe und einem Praktikanten. Ich habe zwei Fehlgeburten gehabt und war natürlich eine Weile nicht ganz auf dem Damm. In der Zeit habe ich halt vorne am Empfang mitgeholfen und Martin die Bücher geführt, während er mit einem Praktikanten von der Uni unsere vierbeinigen Patienten versorgt hat.

Na ja, und gerade als es mir wieder besser ging und ich wieder voll einsteigen wollte, da tauchte diese Tussi auf. Zuerst dachte ich, prima, die kommt auf meine Anzeige wegen der Sprechstundenhilfe. Ich hatte mich schon gewundert, dass sich niemand beworben hat.

Aber nee, die hatte Martin alle abbestellt. *Ich* sollte hinter dem Tresen bleiben, und die Tussi, gerade fertig mit dem Studium, sollte als Assistentin bei uns anfangen.

Ich hielt das echt für einen ziemlich beknackten Witz, aber es war kein Witz.

Ich hab' mich bei verschiedenen Tierkliniken beworben, ich dachte, ich könnte ihn mit den Vorstellungsgesprächen unter Druck setzen.

Er hat sich halbtot gelacht.

Und dann kam dein Brief, und da hab' ich mir gedacht, wenn ich Martin eh verlasse, kann ich auch ganz aus der Gegend wegziehen.«

»Wie kommst du denn über die Runden?«

Das war Marianne so herausgerutscht, Judith sah, dass sich ihre Mutter auf die Lippen biss.

Silvia war nicht beleidigt.

»Keine Bange, ich will dich nicht anpumpen. Ich habe genug gespart, um mich eine Weile über Wasser zu halten, bis Martin mit der Kohle rüberkommt. Die Möbel kann er behalten und sich sonstwohin stecken, das ist mir ziemlich egal. Aber die Praxis – da wird er mich halt auszahlen müssen. Immerhin waren wir gleichberechtigte Partner.«

»Wie rational du da 'rangehst!«

Judith war überrascht.

Silvia lachte.

»Rational? Überhaupt nicht. Ich habe so manche Nacht geheult, als mir klar wurde, dass meine Ehe am Ende ist. Aber das Leben geht weiter.«

›Gegensätze ziehen sich an‹, dachte Judith, als sie insgeheim Marianne mit Silvia verglich.

Überhaupt konnte sie Silvia gut leiden.

Silvia behandelte sie wie eine Erwachsene, und Judith sprach mit ihr über viele Dinge, die sie sonst nur ihrer Clique anvertraut hätte.

Natürlich erzählte sie auch von Christian und dem Abend im *Franco*.

»Kann schon sein, dass es da gefunkt hat. Aber es war 'ne Schnapsidee von Marianne, mich mitzunehmen. Ich glaub', ich hab' alles verdorben.«

Silvia grinste.

»Andere Mädchen wären stolz darauf, die Verehrer ihrer Mutter zu vergraulen.«

»Christian ist in Ordnung. Das nächste Mal muss ich die beiden allein auf Piste schicken, sonst passiert da gar nichts.«

»Jetzt bin ich neugierig. Euren Christian würde ich gern mal kennenlernen. Wenn er ganz anders ist als Thomas, spricht das ja eigentlich schon für Qualität.«

Judith grinste.

Dann wurde sie wieder ernst.

»Hast du eigentlich meinen Vater gekannt?« fragte sie.

Silvia schien überrascht.

»Thomas? Ja, natürlich, aber wieso …«

Judith unterbrach sie.

»Ich meine meinen *richtigen* Vater.«

Silvia zögerte.

»Judith, ich weiß nicht, was Marianne dir erzählt hat und was nicht.«

»Gar nichts hat sie mir erzählt. Wenn nicht meine Tante mir einen Brief hinterlassen hätte, wüsste ich wahrscheinlich nicht mal, dass Thomas nicht mein leiblicher Vater ist. Sie will nicht über … Matthias … reden.«

Silvia biss sich auf die Lippen.

»Na ja, ein paar Dinge hat mir die Tante schon erzählt. Angeblich hat dein Vater sie vor dem Traualtar stehen lassen. Aber ganz ehrlich, ich glaube, das hat sie sich ausgedacht, um die Gefühle ihrer Tante zu schonen. Ich denke mal, der war verheiratet.«

»Und wusste er von mir?«

»Das weiß ich nicht. Ich kannte ihn nicht. Deine Mutter kannte ich vom Sehen her, da war sie schon schwanger, und ich habe oft Hausbesuche bei Eurer damaligen Vermieterin gemacht. Die hatte damals drei uralte Hunde, die sie nicht mehr in die Praxis bringen konnte. Und deine Tante war oft unten zum Tee bei ihr. Marianne und ich sind uns immer wieder über den Weg gelaufen und haben uns dann angefreundet. Ich war ja noch ganz neu in der Stadt und kannte kaum jemanden.

Was wollte ich jetzt eigentlich sagen? Ach ja, dein Vater. Nein, ich kannte ihn nicht. Ich kannte nur Thomas und dessen Familie. Ich kann dir also gar nichts sagen, selbst wenn ich wollte. Und eigentlich möchte ich auch gar nicht hinter Mariannes Rücken über die alten Geschichten reden.

Wenn du dir und mir einen Gefallen tun willst – frag Marianne bitte selbst.«

In der Küche hörte Judith ein Klappern. Hatte Marianne Teile ihres Gesprächs mitbekommen?

Judith saß mit Silvia vor dem Fernseher und guckte eine Wiederholung von *Star Wars,* als Christian anrief.

Judith griff nach dem Hörer.

»Wagner«, sagte sie knapp.

»Ach, du bist es. Marianne ist gar nicht da, die ist zum Klönschnack bei Margret und Willy.«

Noch vor wenigen Wochen hätte Judith bei »Klönschnack« ziemlich ratlos ausgesehen. Jetzt benutzte sie das Wort völlig selbstverständlich.

»Äh? Nicht? Ach so, du meinst Silvia. Ja. Ja, sicher. Moment.«

Sie deckte die Sprechmuschel zu und flüsterte Silvia zu:

»Du wolltest doch mal Christian kennenlernen. Er will mit dir sprechen.«

Silvia sah sie zweifelnd an und griff nach dem Hörer.

»Hallo? Ob ich ...? Ja, natürlich. Böge, Oemeland ... Das werd' ich schon finden. Ich bin in dreißig Minuten bei Ihnen.«

Sie legte den Hörer auf.

»Was ist denn los?«

»Akutes Milchfieber bei 'ner Kuh, und Degenhardt hat 'nen Notfall. Ob *ich* kommen könnte.«

Sie griff nach ihren Autoschlüsseln.

»Der Film läuft ja noch fast 'ne Stunde. Ich werde nicht lange weg sein.«

Kurz vor der Schlussszene war Silvia wieder da.

»Wenn das so weitergeht, muss ich meine neue Praxis wohl hier eröffnen«, scherzte sie.

»Jetzt habe ich schon die zweite Patientin.«

»Alles glattgegangen?« fragte Judith.

»Sicher. Mit Kühen kenne ich mich aus.«

Judith war verblüfft.

»Ich dachte, du hast dich auf Kleintiere spezialisiert.«

»*Wir* hatten uns auf Kleintiere spezialisiert«, verbesserte Silvia.

»Meine erste Stelle nach dem Studium war bei einem Landtierarzt in Bayern. War leider befristet – 'ne Schwangerschaftsvertretung für seine Assistentin. Aber die Zeit habe ich in toller Erinnerung.«

»Das wollte ich dich neulich schon fragen – wieso hast du eigentlich alles dabei, was du für einen Hausbesuch brauchst? Du bist doch eigentlich auf Urlaub – oder so.«

Silvia grinste.

»Ach das! Ich habe immer die Hausbesuche gemacht bei alten Leuten, die ihre Tiere nicht in die Praxis bringen konnten. Von daher habe ich immer eine Grundausrüstung im Auto. Und als ich gegangen bin, habe ich darüber gar nicht groß nachgedacht – ich habe ja nur das Wichtigste mitgenommen und hatte daher noch viel Platz im Auto. Auf dem Rastplatz habe ich es dann bemerkt. Aber ganz ehrlich; hätte ich zurückfahren und bei Martin klingeln und ihm die Sachen vor die Füße werfen sollen? Dazu hatte ich nun absolut keine Lust.«

»Kann ich verstehen«, sagte Judith.

»Und?«

»Was *und*?«

»Was sagst du denn zu Christian?«

»Der ist süß«, befand Silvia.

»Hat 'ne total liebe Art. Stell dir mal vor, ich hab' hinterher noch Tee und Käsebrot gekriegt. Macht auch nicht jeder.«

»Hat er noch etwas gesagt wegen letztem Freitag?«

»Ja, hat er. Er sagt, das war wohl nicht so toll gelaufen, und er hätte sich in den *Mors* beißen können, weil Marianne nach dem Abend bestimmt nie wieder mit ihm ausgehen würde, meint er. Wahrscheinlich hat es bei ihm so richtig gefunkt.«

Mors. Wieder so ein komisches Wort, das sie noch nie gehört hatte. Judith hatte angefangen, alle typisch norddeutschen Ausdrücke in ein Heft zu schreiben, ähnlich wie Vokabeln. Allzu viele waren es noch nicht, aber irgendwie war sie trotzdem stolz auf ihre Sammlung. Ihre Lieblingsworte waren *krüsch, plietsch* und *bregenklöterig*. Und nun kam noch der *Mors* dazu. Sie amüsierte sich so darüber, dass sie erst Tage später über Silvias letzten Satz fiel.

Es sprach sich im Dorf herum, dass *bi de twee Deerns in Karli sien Huus* jetzt auch eine Tierärztin wohnte. Bald kamen die ersten Nachbarn mit ihren Haustieren. Silvia beschränkte sich überwiegend auf Beratungen, die sie über die Kleintierpraxis abrechnete. Und so ergaben sich auch für Judith und Marianne unerwartet neue Kontakte im Dorf.

148

Immer häufiger hieß es ›kommt doch mal vorbei, wir sind doch jetzt Nachbarn.‹

»Ist das nicht verrückt«, sagte Marianne.

»Da muss erst jemand von ganz woanders kommen, damit uns die Leute als Nachbarinnen überhaupt wahrnehmen.«

»Vielleicht haben die das ja gar nicht böse gemeint«, sagte Judith, die immer noch nicht glauben mochte, was Andrea und Melanie über die Norddeutschen gelästert hatten.

»Vielleicht schließen die Leute einfach nicht so schnell Kontakte mit Fremden.«

Silvia schien in den nächsten Tagen sehr ruhig und in sich gekehrt, sie wirkte abwesend. Was sie beschäftigte, wussten weder Judith noch Marianne, aber Judith war aufgefallen, dass Silvia zunächst viel telefonierte und viele Briefe schrieb. Später lief sie stundenlang durch die Feldmark, um nachzudenken, wie sie sagte. Auf ihren Runden nahm sie Freya mit. Für Judith, die oft bis zwei Uhr Schule hatte, war es eine große Erleichterung, dass mittags jemand mit dem Hund rausging.

»Ich muss noch mal für ein paar Tage nach Köln«, sagte Silvia dann beim Frühstück.

»Die sind echt zu blöd, die Beratungen, die ich hier gemacht habe, korrekt abzurechnen.«

»Kannst du das nicht am Telefon klären?« fragte Marianne.

»Eigentlich schon, aber ich muss auch mal mit Martin reden, wie es weitergeht. Noch bin ich ja Partnerin in der Kleintierpraxis Meerland. Da müssen wir halt eine Lösung finden, und so was geht schlecht am Telefon. Und wenn ich sowieso unten bin, kann ich auch meinen Hausstand auflösen und den Rest mitnehmen.«

Das klang ja, als hätte Silvia vor, zurückzukommen.

Judith atmete innerlich auf. Schließlich rückte die Firmung näher, und sie wollte Silvia bitten, ihre Firmpatin zu werden.

Seit dem Umzug war Judith kaum zum Schreiben gekommen, hatte sich bei den Freundinnen erst spät gemeldet, nur ein kurzes Lebenszeichen und ein paar Fotos geschickt. Seitdem wartete sie auf die Antwort. Und nun war auch endlich ein Brief für Judith in der Post. Auf der Rückseite des Umschlags stand: Steffie, Tine, Melanie, Andrea. Anscheinend hatten die alten Freundinnen gemeinsam einen Brief geschrieben.

Hastig öffnete Judith den Umschlag, nahm mehrere Bögen heraus und begann zu lesen:

Liebe Judith,

vielen Dank für Deinen Brief. Wir hatten schon gedacht, Du hast uns ganz vergessen. Aber Du hast sicher sehr viel zu tun – ich glaube Dir sofort, dass Ihr bis Weihnachten mit dem Renovieren zu tun habt. Kohleofen und Plumpsklo, das wäre nichts für mich. Ansonsten sieht das ja echt romantisch aus mit dem Garten und dem Strohdachhaus. Aber wohl auch ziemlich einsam. Wie lebt sich das so auf dem Land? Ich könnte es mir gar nicht vorstellen, nicht mehr in der Stadt zu wohnen. Klar ist das schön, übers Wochenende Oma und Opa zu besuchen, mit den Katzen zu spielen und abends zum Baggersee zum Schwimmen zu fahren. Aber auf Dauer wäre mir das zu langweilig da. Über das Haus wissen wir jetzt alles, Du hast ja auch tolle Fotos mitgeschickt. Ansonsten hast Du ja nicht allzu viel erzählt. Habt Ihr Kontakt mit den Nachbarn? Bist Du im Sportverein? Wie geht es Dir überhaupt so mitten unter den Fischköppen? Da würde ich gern mehr drüber wissen. Lustig fand ich, daß die Leute da oben tatsächlich so reden wie in den Comics. Das hätte ich jetzt nicht gedacht. Vielleicht passt es ja mal, dass wir Euch in den Sommerferien mal für ein paar Tage besuchen.

Und schreib mal wieder!

Liebe Grüße von Andrea

Liebe Judith,

wir freuen uns, dass Du gut angekommen bist und Dich bei Deinen alten Freundinnen gemeldet hast. Das nächste Mal schreib ruhig mehr, wir sind sehr neugierig, wie es Dir geht und was Du so machst. Fährst Du oft nach Hamburg? Ist wahrscheinlich zu weg weg, oder? Es tut mir leid, dass wir das gesagt haben mit den kühlen Norddeutschen, die einem nicht mal die Uhrzeit sagen. Bestimmt habt Ihr bald gute Kontakte zu den Nachbarn, und Du findest auch neue Freundinnen. Wenn die Mädchen in der Schule doof sind (aber Deine Banknachbarin scheint doch nett zu sein), dann gibt es ja auch andere Möglichkeiten, welche kennenzulernen. Und wenn Du willst, besuchen wir Dich auch mal in Norddeutschland. Vor allem freue ich mich aber, dass es Deiner Mutter besser geht. Die war ja im letzten Jahr immer ganz schön fertig, und als dann noch Deine Tante gestorben ist – schön, dass es wieder aufwärts geht!

Lass mal wieder von Dir hören,
alles Liebe,
Melanie

Liebe Judith,

natürlich kannst Du meine Unterlagen für das Referat haben. Die schicke ich Dir in den nächsten Tagen in einem Extra-Umschlag, ich muss das alles erst mal wieder zusammenstellen (liegt irgendwo ganz unten im Schrank, hi hi).

Nimm das nicht so tragisch mit der Schule, irgendwann wird es den anderen zu langweilig, Dich zu ärgern, und dann hast Du auch Deine Ruhe. Zumindest im Unterricht scheint ja alles zu laufen, und wenn Du im Sommer ein gutes Zeugnis bekommst, kannst Du immer noch darüber nachdenken, ob Du nicht weitermachen willst. Auf Deinem Platz sitzt jetzt eine Neue, Evelyn, mitten im Schuljahr ist die gekommen und mindestens so dämlich wie diese Britta. Die hat sich gleich mit Bodos Clique angelegt, da gibt es

wenigstens mal was zu lachen, wenn die Stress macht. Ansonsten
gibt es aus der Schule nicht viel Neues. Else hat sich jetzt auf Evelyn
eingeschossen, Du bist ja nicht mehr da, und der Hohmann kommt
vor den Sommerferien gar nicht mehr wieder. Habt Ihr auch dem-
nächst Schulpraktikum? Bei uns hat alles geklappt, Steffie hat einen
Platz im Kinderkrankenhaus, Melanie in der Stadtbücherei und
ich beim Gärtner. Meine Mutter hat schon wieder den totalen Film
davon gemacht; dann soll ich wenigstens weiter zur Schule gehen
und später Gartenbau studieren. Meine Güte! Ist doch nur ein
Praktikum, damit lege ich mich doch gar nicht fest. Meinen Vater
habe ich jetzt damit geschockt, daß ich Rollschuh-Profi werden will.
War natürlich nur ein Scherz. Aber erinnerst Du Dich an die neue
Rollschuhbahn in der Altstadt, wo wir vor Ostern mal waren? Die
machen als Werbung öfter so Wettbewerbe, und ich habe jeden ge-
wonnen. Natürlich nur, weil Du nicht dabei warst. Du bist ja viel
sportlicher als ich. Gehst Du eigentlich wieder zum Reiten?

Ich drücke Dir die Daumen, daß sich alles gut zusammenfügt
und Du nette Freundinnen findest,

liebe Grüße von Christina

Die letzte Seite war mit Bleistift geschrieben und kaum leserlich, anscheinend hatte Steffie in aller Eile geschrieben, kurz bevor sie den Brief in den Kasten warf, damit Tine, Andrea und
Melanie das nicht zu sehen bekamen.

Liebe Judith,
nur kurz, da ich vor dem Postamt stehe und den Brief gleich ein-
werfe – schön, dass es Euch gut geht und Ihr dabei seid, Euch ein-
zuleben. Hab' mich gefreut, von Dir zu hören. Ein paar Infos habe
ich vermisst, aber wahrscheinlich hast Du die aus dem gleichen
Grund weggelassen, aus dem ich jetzt vor dem Postamt stehe und
schreibe; das sind Dinge, die nur wir beide wissen und über die Du
mit Mel und Tine gar nicht gesprochen hast. Vermutlich hast Du

auch noch gar keine Zeit gehabt, Dich jetzt damit zu beschäftigen,
aber natürlich interessiert mich, ob es da etwas Neues gibt. Hast
Du inzwischen mehr über Deinen leiblichen Vater in Erfahrung
bringen können? Hat Deine Tante nur den Brief und die Bilder
hinterlassen, oder gibt es da noch mehr? Und hast Du eigentlich
noch Kontakt zu Thomas? Noch spannender finde ich ja die andere
Sache mit Deiner Großmutter bzw. Urgroßmutter. Schon blöd, dass
unsere Eltern da so mauern. Wenn es um Aufklärung geht, reden
die ständig darüber, weil sie ja so modern sind, aber wenn es um den
Krieg geht, ist Funkstille. Bloß keine Fragen stellen, sonst werden die
komisch. Schade, dass Deine Tante in ihrem Brief nur Andeutungen
gemacht hat. Aber vielleicht ergibt sich ja doch mal eine passende
Gelegenheit zu einem Gespräch mit Deiner Mutter. Die muss ja
mehr wissen, auch wenn sie nie was sagt.

Oh, der Kasten wird gleich geleert.

Ich melde mich.

Alles Liebe von Steffie

Nachdenklich faltete Judith den Brief zusammen und schob ihn
zurück in den Umschlag. Ihr Vater. Das Thema war ein bisschen
in den Hintergrund geraten, aber natürlich hatte Judith es nicht
vergessen. Und Steffie hatte recht – wenn sie Marianne nicht darauf ansprach, würde sie nie erfahren, was damals mit Matthias
Fritsche schiefgegangen war. Sie beschloss, es so schnell wie möglich hinter sich zu bringen, bevor sie der Mut wieder verließ.

Marianne war in der Küche und schnippelte Bohnen.

Judith ergriff ein Messer und begann, Möhren zu schälen.

»Kann ich dich mal was fragen?«

»Sicher«, sagte Marianne.

»Worum geht es denn?«

»Um meinen Vater. Was hat er eigentlich getan, dass du so
wütend auf ihn bist?«

»Ich bin nicht wütend auf ihn.«

»Und warum warst du dann so sauer wegen dem Brief von Tante Carola?«

»Das verstehst du nicht.«

»Wie sollte ich? Du erzählst ja nie was.«

»Ich möchte auch nicht darüber sprechen.«

»Vielleicht möchte *ich* darüber sprechen«, sagte Judith.

Marianne legte das Messer beiseite und sah Judith verärgert an.

»Gut, Thomas ist nicht dein leiblicher Vater. Aber er ist dein sozialer Vater. Das zählt doch mehr als ein Name auf dem Papier. Wir haben uns getrennt. Aber das hat nichts mit dem Brief von Tante Carola oder mit deinem Vater zu tun. Ich habe nie verstanden, weshalb du dich plötzlich gegen Thomas gewandt hast.«

Judith ahmte den Tonfall ihrer Mutter nach.

»Das hat nichts mit dem Brief von Tante Carola oder mit meinem Vater oder eurer Trennung zu tun.«

»Und womit dann?«

»Das sage ich dir, wenn du mir erzählst, was mit meinem Vater ist.«

Marianne holte Luft. Dann sagte sie eisig:

»Ein mieser Tausch, findest du nicht?«

»Kommt auf den Standpunkt an«, gab Judith unfreundlich zurück.

»Außerdem warst du neulich schon kurz davor, mir etwas zu erzählen. War bloß ein blöder Zeitpunkt, weil's dir ziemlich schlecht ging und ich den Bus zur Schule kriegen musste.«

Marianne drehte sich um, ging zum Fenster und lehnte den Kopf an den Fensterrahmen. Judith blieb stehen, unsicher, ob sie etwas sagen oder gehen sollte.

Nach einer Weile drehte sich Marianne um.

»Bist du sicher, dass du das wissen willst?«

Judith zuckte zusammen und wurde blass.

Marianne schien ihre Gedanken zu ahnen.

»Oh, nein, Liebes, nein, nicht was du denkst.«

»Wenn es nichts Schlimmes ist, warum sagst du es mir dann nicht einfach?«

Mariannes Augen wurden feucht.

»Weil es weh tut. Immer noch. Nach all den Jahren.«

Sie schob das geschnittene Gemüse vom Holzbrett in eine Schale und stellte diese an die Seite. Dann griff sie nach ihrer Jacke.

»Komm. Lass uns einen Spaziergang machen.«

Das Wetter war schön. Freya lief voran, schnüffelte gelegentlich an einem Strauch und freute sich offensichtlich über die unerwartete Gelegenheit, in der Frühlingssonne durch die Feldmark zu laufen. Die Bäume begannen zu grünen, und am rückwärtigen Zaun von Petras Grundstück blühten die ersten Ranken. Die Frauen hatten keinen Sinn für die Schönheit der Landschaft. Marianne fiel nicht einmal auf, dass die wilden Birnbäume auf der Streuobstwiese die ersten Blüten hatten.

»Silvia hatte recht«, sagte sie.

»Womit recht?«, fragte Judith.

»Ich habe mir das ausgedacht wegen meiner Tante. Das mit dem Standesamt, meine ich. Wir haben das Aufgebot nie bestellt. Es war auch nie die Rede von Heirat.«

»Obwohl du schwanger warst?«

»Ich habe es ihm nie gesagt.«

»Warum nicht?« fragte Judith.

»War es wegen seiner Frau?«

»Nein. Er war nicht verheiratet. Tante Carola nahm es an, weil er viel älter war als ich. Auf dem Foto, das sie dir hinterlassen hat, muss er um die 40 gewesen sein. Seine große Liebe war seine Arbeit. Er war Arzt, weißt du, und sein Traum war es, eine Klinik in Afrika zu gründen. Wir waren noch nicht lange zusammen, da bekam er die Chance seines Lebens, mit *Ärzte ohne Grenzen* nach Ghana zu gehen und dort beim Aufbau eines medizinischen Versorgungszentrums zu helfen. Ich hatte nicht den Mut, ihm nach Afrika zu folgen, aber ich kannte seinen großen Traum und ließ ihn gehen. Sechs Wochen später wusste ich, dass ich schwanger war. Und ich wollte das Kind haben.«

»Und du hast es ihm nie gesagt?« fragte Judith.

»Ich habe ihm nach Afrika geschrieben, gleich nach deiner Geburt. Er sollte zumindest wissen, dass er eine Tochter hat. Ich bekam nie eine Antwort, und dann schrieb ich an *Ärzte ohne Grenzen*. In Ghana gab es in den 80-er Jahren massenhaft ethnische Konflikte zwischen den Bevölkerungsgruppen. Bei einem dieser Gefechte wurde auch das Krankenhaus angegriffen. Es gab viele Tote, die nicht identifiziert wurden. Ich weiß bis heute nicht, ob er noch lebt oder bei dem Angriff umgekommen ist. Vielleicht ist er immer noch irgendwo in Afrika.«

Sie wischte sich die Tränen aus dem Gesicht.

»Kein Tag, an dem ich nicht an ihn gedacht habe. Aber das Leben musste weitergehen. Meine Eltern waren tot. Ich hatte nur meine Tante und ein Kind, das ohne Vater aufwachsen würde.

Und dann drei Jahre später habe ich Thomas kennengelernt, wie ich alleinerziehend mit einem Kind. Die leibliche Mutter war psychisch krank und konnte sich nur eingeschränkt um die Kleine kümmern. Mir war schon klar, dass er vor allem eine neue Mutter für Nicole suchte, aber ich suchte ja auch einen Vater für dich und hoffte, dass Thomas' Eltern für dich auch liebevolle Großeltern sein könnten. Meine Eltern waren ja nicht mehr da. Thomas und Elena waren nicht verheiratet gewesen, wir konnten sofort das Aufgebot bestellen.

Bis zuletzt hatte ich eine Scheißangst, dass die Hochzeit nicht stattfindet. Ich konnte an gar nichts anderes mehr denken. Ich wusste von seinen Seitensprüngen, aber ich hab' geschwiegen, selbst als er an sich an Silvia heranmachte.

Und irgendwann konnte ich nicht mehr. Da sah ich nur noch die Scheidung als Ausweg. Und dann ist der Onkel gestorben und hat mir alles hinterlassen ... das war wie ein Wink von oben, noch mal neu anzufangen ...«

Marianne fuhr leise fort:

»Du bist deinem Vater in vielen Dingen so ähnlich. Ich habe immer versucht, mir vorzustellen, dass Thomas dein Vater ist, damit es nicht so weh tut, aber es hat alles nur noch schlimmer gemacht. Meine Tante hatte recht.«

»Ich bin ihm ähnlich?«

»Oh ja. Deine Leidenschaft für Afrika und den Orient, das hast du von ihm. Und du bist genau so sportlich wie er. Als du nach Hause kamst mit dem Einser im Turnen, konnte ich mich gar nicht richtig für dich freuen. Ich dachte nur immer – ganz ihr Vater. Das mit dem Pauschenpferd hätte auch zu ihm gepasst.«

Sie brach ab, wischte sich mit dem Handrücken übers Gesicht und lief schweigend weiter. Judith folgte ihr. Selbst Freya merkte, wie gedrückt die Stimmung war. Sie lief immer nur wenige Meter voraus, drehte sich dann um und lief zurück, als fürchte sie, die Frauen könnten sich in der Zwischenzeit in Luft auflösen.

Abwesend kraulte Judith ihr den Kopf.

Hinter einer Tannenschonung plätscherte der Wildbach. Judith warf einen ungläubigen Blick dorthin. Waren sie in der kurzen Zeit so weit gelaufen?

Und würde sie für ihr eigenes Geständnis auch den ganzen Rückweg brauchen?

Judith hatte gehofft, Marianne würde nicht danach fragen. Aber sie sah aus dem Augenwinkel, wie Marianne durchatmete, ihre Schultern straffte und den Schal zurechtrückte.

»Du wolltest mir auch etwas sagen, oder?«

Ihre Stimme klang brüchig und kühl zugleich.

Plötzlich ärgerte sich Judith. Sie hätte gern mehr erfahren, aber Marianne wischte sofort alles vom Tisch und forderte die Gegenleistung ein. Das war kein Gespräch, das war ein verbaler Boxkampf.

›Zeit gewinnen‹, dachte Judith, ›ich muss Zeit gewinnen.‹

Laut sagte sie:

»Bist du sicher, dass du das wissen willst?«

»Sicher«, sagte Marianne, »ich habe dir lange genug durchgehen lassen, dass du von einem Tag auf den anderen Thomas plötzlich ablehnst, ohne jede Erklärung. Und erzähl mir nicht, das sei wegen dem Brief von Tante Carola. Das glaub' ich dir nämlich nicht, du warst schon vorher plötzlich so komisch zu ihm.«

›Mit gutem Grund‹, dachte Judith böse.

Aber sie fand keinen Anfang.

»Judith«, sagte Marianne etwas schärfer, »ich warte.«

»Ich kann das nicht«, flüsterte Judith.

»Es tut mir leid. Ich kann das nicht.«

Marianne sah sie scharf an, Judith spürte es eher als dass sie es sah.

Freya wurde unruhig, sie fiepte und strich immer wieder um Judiths Beine.

»Du hast es versprochen.«

Erwachsene versprachen auch vieles, von dem sie die Hälfte nicht ernst meinten und die andere Hälfte nicht halten konnten, weil etwas dazwischen kam. Von ihren Kindern aber verlangten sie immer, ein Versprechen auch zu halten.

Judith zögerte.

Dann platzte sie heraus:

»Wenn du das unbedingt wissen willst – ich habe ihn mal erwischt.«

»Wobei erwischt?«

»Auf Abwegen. So sagt ihr doch, wenn jemand absichtlich Mist baut.«

Marianne wühlte nervös in ihrer Manteltasche. Judith verkniff sich ein schadenfrohes Grinsen. Die Handtasche mit den Zigaretten lag auf dem Küchentisch.

»Was hat er denn getan?« fragte Marianne vorsichtig.

»Na, gelogen hat er.«

Marianne lachte, aber es klang nicht heiter.

»Ach! Hast du noch nie gelogen?«

»Jedenfalls nicht so.«

»Komm, jetzt lass dir nicht jedes Wort aus der Nase ziehen. Vielleicht hast du etwas falsch verstanden, vielleicht ging es um ein voreiliges Versprechen oder einen Irrtum ...«

»Nein«, sagte Judith, »das war mit Absicht.

Also – er war doch damals in Darmstadt zur Hauptversammlung der Firma.«

»Ja, und?«

»In der Woche war ich auch auf Klassenfahrt. Wir waren auf einem Festival, die Lehrerin hatte ja extra gefragt, ob die Eltern was dagegen haben. Und da habe ich Thomas gesehen.«

Marianne hustete nervös.

»Aber ... du warst doch gar nicht in Darmstadt, sondern in Kassel.«

»Ja, ich dachte auch erst, ich hätte mich geirrt. Ich bin hingegangen, wollte sehen, ob er das überhaupt ist. Er stand da mit zwei hübschen jungen Frauen im Arm und sagte, er habe gerade zu Hause angerufen, ein Referent sei ausgefallen, er müsse länger in Darmstadt bleiben und käme erst am Freitag. Und dann haben sie sich schief gelacht und auf den Schwindel angestoßen. Ich habe mich weggeschlichen, bevor er mich gesehen hat. Was meinst du wohl, was ich mich geschämt habe. Hätte ich dir das erzählen sollen, was er so treibt, wenn du denkst, er sei in der Hauptverwaltung? Ich konnte das nicht. Aber danach konnte ich nicht mehr Papa zu ihm sagen. Und ein halbes Jahr später erfuhr ich dann, dass er gar nicht mein Papa ist.«

Marianne wurde blass.

»Du wusstest, dass er ein Schürzenjäger ist!«

Was sollte Judith darauf antworten. Marianne hatte ja nicht mal ihrer Freundin geglaubt. Sie griff nach der Leine und befestigte sie wieder an Freyas Halsband. Den ganzen Rückweg über schwiegen die Frauen.

Und Judith schwor sich, die Belohnung von Bauer Thies auf dem Sparbuch zu lassen und nach ihrem achtzehnten Geburtstag selbst nach Afrika zu fliegen, um ihren Vater zu suchen.

Und dann stand eines Tages Silvias Auto wieder vor der Tür, und Silvia kam völlig selbstverständlich wieder in die Küche, als sei sie nur beim Bäcker gewesen.

»So, nun ist alles geklärt!« rief sie statt einer Begrüßung.

»Die liebe Tante Silvia bleibt euch erhalten.«

Sie drehte sich einmal um die eigene Achse und machte einen spielerischen Knicks.

»Hast du was getrunken?« fragte Marianne amüsiert.

»Nö«, sagte Silvia, »aber das Gespräch ist besser gelaufen als erwartet. Martin hat mich gar nicht erst gefragt, ob ich nicht doch bleiben will. Den Teil konnten wir also überspringen und gleich über die Praxis reden.«

Sie grinste.

»Die nächsten Wochen kann ich Behandlungen und Beratungen noch über unsere Kleintierpraxis abrechnen, dann bin ich frei und kann mich entscheiden, ob ich wieder eine Praxis eröffne oder als angestellte Tierärztin arbeiten will.«

»Und was hast du vor?«

»Lass mich doch erst mal wieder ankommen«, sagte Silvia.
»Ich habe auch so genug zu regeln.«

Sie sah Judith an.

»Schade, dass euer Schulpraktikum schon so bald beginnt. In Köln hätte ich dich sofort als Praktikantin genommen. Du kannst gut mit Tieren umgehen, das habe ich gleich gemerkt. Aber die Zeit bis Pfingsten ist schon arg knapp bemessen, und ich habe noch nicht mal angefangen, mich auf die Zeit nach der Gemeinschaftspraxis vorzubereiten.«

Zumindest hatte Silvia überhaupt daran gedacht.

Judith griff nach der Hundeleine und rief nach Freya. Meistens lief sie nach Lust und Laune in der Feldmark herum. Heute hatte sie ein genaues Ziel. Freya kam sofort, und Judith verließ das Grundstück durch die hintere Pforte, die zu einem Sandweg zwischen ihrem und dem Thies'schen Grundstück führte. So konnte sie sich den langen Weg an der Straße entlang ersparen und kam vom anderen Ende her an den Wildbach, eine Strecke, die nur über die Felder, Waldwege und an Hecken und Wiesen entlangführte. Judith hatte bei einem Spaziergang mit Marianne und Silvia eine winzige Kapelle entdeckt, wie sie sie vom Rheinland her kannte und sich vorgenommen, bei nächster Gelegenheit einmal herzukommen.

Der Himmel war strahlend blau, nur wenige Wolken, es war fast windstill und sehr sonnig. Der Frühling schien auch endlich nach Norddeutschland zu kommen. Judith gefiel es hier jeden Tag besser. In der Klassengemeinschaft war sie inzwischen angekommen, Marianne behandelte sie nicht mehr wie ein Kind, mit Silvia und Petra hatte sie zwei erwachsene Freundinnen gefunden, und Willy und Margret waren die besten Nachbarn, die man sich vorstellen konnte. Für Marianne, die so jung ihre Eltern verloren hatte, waren die beiden ein echtes Geschenk. Und nach der ersten Enttäuschung hatte sich Judith geradezu in die Landschaft verliebt.

Obwohl sie ein festes Ziel hatte, ließ sie sich Zeit, mal lief sie mit Freya um die Wette, mal hüpfte sie zwischen dem Knick und dem Weg hin und her, um dann wieder in normalem Tempo zu gehen und zwischendrin mit Freya zu toben. Schließlich waren sie ganz allein auf weiter Flur, und an ihr Abenteuer mit den drei Männern dachte sie längst nicht mehr. Außerdem war Freya der beste Schutzhund, den es gab.

Irgendwann hatten sie dann die Kapelle erreicht. Tatsächlich war sie nicht größer als ein Bushäuschen, mehr als drei Personen würden darin keinen Platz finden. Die massive dunkle Holztür stand offen. Versteckt in einer Ecke ein Schild *gestiftet von H. Meyer*. Die Wände waren weiß gekalkt, an der Hinterseite ein kleines Fenster. Eine Madonnenfigur mit dem Jesuskind an der Wand gegenüber, links und rechts kleinere Regale oder Ständer, auf denen Blumen und Gebetsbücher lagen. An der Seite ein Metallrost für die Teelichte. Judith hatte nicht erwartet, ein Gebetshaus in einer überwiegend protestantischen Gegend zu finden und freute sich über die Gelegenheit. Sie zog die mitgebrachten Teelichte und das Feuerzeug aus der Tasche. Das Feuerzeug gehörte Marianne, vermutlich suchte sie bereits danach, aber Judith fand sowieso, daß Marianne zu viel rauchte. Jetzt mußte sie eben mal zwei Stunden ohne Zigaretten auskommen.

Judith legte die Teelichte vor das Gitter und zündete das erste Teelicht an.

»Tante Carola.«

Das zweite Teelicht.

»Oma und Opa Wagner.«

Das dritte Teelicht.

»Uroma Marysia.«

Das vierte Teelicht.

Judith zögerte. Sie wollte nicht glauben, daß ihr Vater tot war. So stellte sie es auf die andere Seite.

»Der Herr segne und behüte dich auf all deinen Wegen. Sei glücklich und hab' ein schönes Leben, wo immer du auch bist.«

Sie wusste nicht, ob sie »Papa« oder »Matthias« sagen sollte.

Trotz allem war »Papa« immer noch Thomas.

Das fünfte Teelicht.

»Ich wünsche euch ganz viel Glück und Segen und alles Gute. Mama. Silvia. Petra. Willy und Margret. Christian. Steffie. Tine. Melanie. Den neuen Freundinnen und Freunden ...«

Judith brach ab.

Durfte man so viele Wünsche auf *ein* Teelicht legen?

Pfarrer Dombrowski, zu dem sie seit einigen Wochen ging, um sich auf die Firmung vorzubereiten, hätte sich eine solche Frage verbeten. Bei Gelegenheit würde sie ›Don Rudolpho‹ (Judith benutzte den Spitznamen inzwischen selbst) danach fragen. Aber für den Augenblick musste sie das wohl selbst entscheiden.

Sie zündete noch ein sechstes Teelicht an, bevor sie die Kapelle verließ.

Nun hatte sie einen weiteren Lieblingsplatz gefunden.

Auch mit dem Rückweg ließ sie sich Zeit. So sah sie die Besucherin, die an der Haustür stand, nur von hinten. Marianne musste gerade auf dem Flur gewesen sein, denn sie war schon an der Tür, noch bevor die Fremde klingeln konnte. Sie bat die Frau herein, und Judiths Interesse erlahmte.

Vermutlich würde Marianne sie gleich bitten, Kaffee zu kochen und den Tisch zu decken. Judith hatte herzlich wenig Lust auf ein Kaffeekränzchen mit ältlichen Nachbarinnen. Zum Glück boten Schulaufgaben einen ausgezeichneten Vorwand, sich davor zu drücken.

Doch es verging über eine Stunde, und Marianne rief sie nicht.

Dann hörte sie die Tür klappen. Die Frau verließ das Haus, ohne sich umzusehen.

Judith zuckte die Achseln.

›Hab ich ganz umsonst ins Chemiebuch geguckt‹, dachte sie.

»Wer war denn das?« fragte sie Marianne später.

»Christiane Sievers.«

»Wer soll das sein?«

»Unsere Nachbarin.«

Komisch. Judith kannte inzwischen eigentlich alle Leute aus der Siedlung. An diese Frau hatte sie keine Erinnerungen.

»Nummer 21«, sagte Marianne nur.

Mit den enttäuschten Erben hatten sie bislang nur wenig zu tun gehabt, und seit sie über den Gartenzaun so angepöbelt worden waren, hielten sie Abstand. Judith machte bei ihren täglichen Runden immer einen Bogen um das Grundstück, nahm den Sandweg hinter dem Thies'schen Grundstück als Abkürzung oder ging gleich in die andere Richtung.

»Oh. Und was wollte sie?«

»Ihr Bruder hat sie vorgeschickt, um herauszubekommen, was wir eigentlich mit dem ganzen Kram hier vorhaben.«

»Wollen die den Hof jetzt *kaufen*, nachdem sie enterbt wurden?«

»Scheint so.«

»Was haben sie dir denn geboten?«

Marianne lachte.

»150.000 für alles. Die müssen mich für ziemlich dumm halten. Ich hab' ihr gleich gesagt, daraus wird nichts. Christian meint, wenn ich verkaufen wollte, könnte ich locker 900.000 und mehr bekommen. Allein das Grundstück ist ein Vermögen wert.«

»Wann hast du denn mit Christian darüber gesprochen?« fragte Judith.

Marianne verzog keine Miene.

»Wir waren heute mittag im *Steakhouse*. Christian hat seine Mittagspause großzügig geplant. Weißt du, neulich im *Franco*, wie wir da über diese alten Geschichten gesprochen haben und nachher im Auto das Schweigen im Walde herrschte – das war schon total blöd. Kein schöner Abschluss für eine Verabredung, aber er hat sich richtig gefreut, als ich ihn heute morgen angerufen habe. Dann fand er das wohl nicht schlimm, dass der Abend so eine Wendung genommen hatte.«

Judith war überrascht. Anscheinend hatten alle drei, unabhängig voneinander, sich selbst die Schuld an dem unerwarteten Ausklang gegeben.

»Wie sind wir eigentlich mit ihr verwandt?«

»Mit wem?«

Marianne hatte den Themenwechsel nicht sofort bemerkt.

»Mit der Sievers.«

»Sie ist meine Tante.«

»Deine *Tante*?«

»Eine Schwester meiner Mutter.«

Judith hörte zum ersten Mal, dass ihre Großmutter Maria eine Schwester gehabt hatte. Und wenn Christiane zum Vossberg 21 gehörte, bedeutete das, dass Maria *fünf* Geschwister gehabt hatte. Marianne hatte nie von dem Familienzweig gesprochen. Und Christian hatte Maria bei der Aufzählung der Familie auch nicht erwähnt.

Aber so langsam begann Judith die Zusammenhänge zu erkennen.

»Wie heißen unsere lieben Verwandten eigentlich mit Nachnamen?«

»Behrmann. Wieso?«

»Ach, nichts.«

Behrmann. Jetzt war Judith alles klar. Dann war Wilhelm

Behrmann, der mit einer seiner polnischen Arbeiterinnen ein uneheliches Kind hatte, Mariannes Großvater, also Judiths Urgroßvater, und Onkel Karl der Zwillingsbruder, der aus Zorn über Wilhelms Verrat seine Familie enterbt und alles seiner unehelichen Nichte und deren Nachkommen vermacht hatte. Geahnt hatte sie es längst, das alles ergab viel mehr Sinn als eine Erbschaft über einen Großcousin dritten Grades, von dem niemand je gehört hatte. Sie waren keine Fremden, die das Erbe eines kinderlosen alten Mannes angetreten hatten, mit dem sie nur weitläufig verwandt waren. Den Neffen von Uropa Otti gab es nur in Judiths Vorstellung, die versucht hatte, damit die weißen Flecken in der Familiengeschichte zu füllen. Aber es war nie um die Wagners gegangen. Der Schlüssel zu allem war nicht Mariannes Vater, sondern ihre Mutter. Diese Erbschaft war kein Zufall.

›Blöd, dass ich nicht schon vorher draufgekommen bin‹, dachte sie.

Jetzt brauchte sie nur noch die Bestätigung von Marianne.

Die Gelegenheit dazu ergab sich drei Tage später, als Tine ihr die Unterlagen für das Referat schickte. Judith hatte ihre Notizen auf dem Wohnzimmertisch liegenlassen und war mit Silvia zum Einkaufen gefahren. Als sie wiederkam, saß Marianne am Tisch und blätterte in Tines Entwürfen.

Bei Judiths Eintritt ließ sie die Zettel sinken.

»Interessant«, sagte sie.

»Wie kommst du auf so ein Thema?«

»Das sind Tines Notizen. Ich hab' dir doch mal erzählt, dass sie beim Hohmann ein Referat halten sollte und er sie nur verarscht hat.«

»Da war mal was«, erinnerte sich Marianne.

»Und was willst *du* damit?«

»An dieser Schule wird auch Geschichte gegeben«, sagte Judith trocken.

»Und wenn ich sowieso ein Referat halten muss, damit ich überhaupt halbwegs faire Zensuren im Sommerzeugnis kriege, dann kann ich auch über etwas sprechen, das mich persönlich betrifft, nicht?«

Marianne warf ihr einen sonderbaren Blick zu.

Judith sah, dass sie nachdachte.

»Was meinst du damit, es betrifft dich *persönlich*?« fragte sie schließlich.

»Na ja«, sagte Judith, »das ist doch mit Marysia Dariusz passiert, oder?«

Die Zettel flogen einzeln auf den Teppich, als Marianne hart auf den Tisch schlug.

Ihre Augen verengten sich.

»Was weißt du von Marysia Dariusz?« schrie sie.

»Nichts«, gestand Judith.

»Ich hatte gehofft, *du* könntest mir etwas über sie erzählen.«

»Wie kommst du überhaupt auf Marysia?«

Judith seufzte.

»Den einen Nachmittag, wo wir beide uns so gestritten hatten, wo ich gesagt habe, ich suche meine Oma – erinnerst du dich?«

Marianne wurde rot.

»Ja. Was soll das?«

»Ich war stocksauer auf dich. Ich war an deinen Sachen und hab' im Stammbuch nach dem Namen meiner Oma gesucht.«

»Und?«

Mariannes Stimme zitterte.

»Jemand hat mit Bleistift nachträglich die Namen *Marysia Dariusz* und *Wilhelm Behrmann* in eine zusätzliche Spalte geschrieben – jemand, der eine Stinkwut auf ihn gehabt haben muss. Aber das brauche ich dir wohl nicht zu erzählen.«

Was ist damals geschehen?«

»Warum fragst du mich überhaupt? Anscheinend weißt du doch alles.«

»Vielleicht möchte ich die Geschichte einfach von *dir* hören.«

»Ich weiß nicht sehr viel darüber.«

»Dann sag' mir, was du weißt.«

»Marysia war meine Großmutter. Sie stammte aus einem Dorf in der Nähe von Warschau und kam nach Kriegsausbruch als Zwangsarbeiterin hier auf den Hof. Ende 1942 bekam sie ein Kind, das nach ihr Marysia Dariusz hieß. Nach Kriegsende verschwand sie spurlos und ließ ihre Tochter zurück. Charlotte Behrmann, meine Großtante, ließ den Namen in Maria Darsch ändern, nahm sie in Pflege und zog sie auf. Sicher war die Tante kein schlechter Mensch, aber die übrige Familie ließ sie spüren, dass sie das uneheliche Kind einer polnischen Arbeiterin war und eigentlich gar kein Recht hätte, dort zu sein. Du hast doch die Verwandten erlebt. Die waren damals auch nicht anders als heute, eher noch schlimmer. 1958 lernte sie meinen Vater kennen und folgte ihm später nach Köln, als sie alt genug war, um ihn zu heiraten.«

Marianne kicherte unerwartet.

»Damals war man erst mit einundzwanzig volljährig. Als sie mit 18 oder 19 schwanger wurde, besorgte sie sich eine Heiratserlaubnis vom Amt, heiratete deinen Großvater und kehrte niemals nach Norddeutschland zurück. Einmal sind die beiden nach Polen gefahren, um ihre Mutter zu suchen. Aber niemand wusste etwas von ihr. Vielleicht ist sie in den Kriegswirren gestorben, vielleicht hat sie ihren Namen geändert – wer weiß das schon?«

Mariannes Ärger war verraucht, und ihre Stimme klang müde.

»Und warum hast du mir nie davon erzählt?« fragte Judith erregt.

»Ach, Judith. Es bringt doch nichts, in der Vergangenheit zu

168

leben. Hätte ich dir erzählen sollen, dass dein Physiklehrer mit seinen Andeutungen recht hatte? Und noch eins draufsetzen, nämlich dass du nicht die Enkelin von polnischen Gastarbeitern, sondern die Urenkelin einer Zwangsarbeiterin bist? Es dich, mich und meine Mutter nur deshalb gibt, weil deine Urgroßmutter schutzlos den Übergriffen deines Urgroßvaters ausgesetzt war, der nicht mal die Vaterschaft anerkennen wollte? Der so selbstverständlich über die Zwangsarbeiterinnen verfügte, dass selbst meine Mutter als ganz kleines Kind mehr mitbekam als sie sollte und sich wunderte, dass die Stalltür immer zu war, wenn er mit einer der Frauen drin war und offen stand, wenn er mit dem Knecht sprach? Die erst Jahre später begriffen hat, was das bedeutete?

Und das weiß ich nicht mal von ihr selbst, sondern von Tante Carola. Weißt du noch, wie sie in ihrem Brief schrieb, Kriegskinder würden nicht über diese Dinge reden? Sie hat recht. Untereinander müssen sie es nicht, weil alle ähnlich schlimme Erinnerungen haben. Manchmal tun sie es, aber wir, wir sollen es mal besser haben und uns nicht mit den alten Geschichten belasten. Meine Mutter hat mir nie etwas erzählt. Ich weiß nicht mal, ob Papa Bescheid wusste. Das kam eigentlich erst alles heraus, als sie Papiere für das Aufgebot brauchte, weil sie einen deutschen Namen benutzte, aber eine Geburtsurkunde mit einem polnischen Namen hatte. Am Abend vor der Hochzeit hat sie Tante Carola davon erzählt, danach nie wieder. Und die hat es mir erst erzählt, als meine Mutter schon tot war.«

»Aber wenn deine Mutter hier gelebt hat, warum bist du all die Jahre nie hergekommen?«

»Ich wusste nicht viel über diesen Teil der Familie. Meine Mutter schrieb manchmal Briefe an Onkel Karl und Tante Charlotte. Aber sie erzählte ja nie etwas, und ich hatte nie das Gefühl, dazuzugehören. Für mich waren das alles Fremde. Und dann starben meine Eltern, und Tante Carola erzählte mir, was meine Mutter ihr damals erzählt hatte. Ich war so jung. Ich wollte damit nichts zu tun haben. Tante Carola brachte mich dazu, wenigstens noch meine Heiratsanzeige nach Vosshagen zu schicken. Ich habe nie eine Antwort bekommen. Aber ich muss meiner Tante dankbar sein, dass sie so hartnäckig war.«

»Warum?« fragte Judith.

»Wenn sie dir doch nie geantwortet haben ...«

»Warum? Weil meine Mutter zu dem Zeitpunkt nicht mehr lebte und er seinen Besitz nicht seinem Bruder und seinem Neffen hinterlassen wollte. So aber hatte er den Namen und die Adresse von Marias Tochter; er hat ein neues Testament verfasst und mich ausdrücklich zur Alleinerbin gemacht. Auf dem Amtsgericht musste ich dann nur noch nachweisen, dass Marianne Weidemeyer und Marianne Wagner-Weidemeyer ein und dieselbe Person sind. Schließlich hatte ich kurz vor der Trennung den Doppelnamen angenommen und mich im alltäglichen Leben nur noch Wagner genannt.«

»Okay«, sagte Judith langsam, »aber eins verstehe ich immer noch nicht – wieso hast du mir nicht die Wahrheit gesagt über die Erbschaft?«

»Was meinst du damit?«

»Warum hast du mir erzählt, es ginge um einen Neffen von Uropa Otto?«

»Das habe ich nie gesagt. Ich habe gesagt, es ginge um meinen Großonkel, der von Uropa Otto einen Bauernhof übernommen und später mir vermacht hat.«

»Aber das stimmt doch auch nicht«, sagte Judith irritiert.

»Uropa Otto lebte doch in Berlin. Und Opa Klaus war sein einziger Sohn, es gab doch gar keinen Onkel Karl bei den Wagners. Was hast du jetzt davon erfunden?«

»Nichts«, sagte Marianne.

»Ich habe nie behauptet, dass Uropa Wagner einen Bauernhof hatte. Der war Zimmermann, soweit ich weiß. Das hast du dir so zusammengereimt, weil du nach einem Opa Otto gesucht hast und dabei um eine Generation verrutscht warst. Otto Wagner war mein Großvater, nicht mein Urgroßvater. Ich habe von *meinem* Uropa geredet, nicht von deinem. Und Uropa Behrmann hieß auch Otto.«

Judith war für einen Moment sprachlos.

»Wissen die Behrmanns eigentlich, wer du bist?«

»Nein«, sagte Marianne.

»Das hätte mir grad noch gefehlt.«

Damit war das Gespräch für sie beendet.

Judith wusste, mehr würde sie von Marianne nicht erfahren.

Sie musste eine andere Quelle anzapfen.

Sie wusste auch schon, welche.

3. KAPITEL

ASCHE ZU ASCHE

Das Rätsel Marysia Dariusz war größtenteils geklärt. Eigentlich hatte die Lösung von Anfang an auf der Hand gelegen, und wenn Judith ehrlich war, war sie nicht allzu überrascht.

Was Judith beschäftigte, war die Frage, was aus Marysia geworden war.

Marianne wusste es offensichtlich nicht.

Konnte heute noch jemand davon etwas wissen?

›Wohl kaum‹, entschied Judith, ›es sei denn ...‹

»Natürlich!« sagte sie laut zu sich selbst.

»Vielleicht hat Sarah ein Tagebuch geführt.«

Wenn ja, würde sich darin vielleicht auch ein Hinweis auf Marysia Dariusz finden, die Deutschland ungefähr zur gleichen Zeit verlassen haben musste wie Sarah und ihre Mutter.

Der Gedanke an die mögliche Existenz eines Tagebuchs ging Judith nicht aus dem Kopf. Das *Tagebuch der Anne Frank* war gefunden und später veröffentlicht worden.

Ob sie das Tagebuch der Sarah Rosenbaum finden würde?

Existierte ein solches Tagebuch überhaupt?

Judith hatte nach und nach das ganze Haus nach Briefen und Papieren durchsucht. Selbst in Sarahs altem Zimmer hatte sie gesucht, mit ganz schlechtem Gewissen, aber sie hatte nichts gefunden. Nur den Speicher hatte sie ausgelassen.

Sie war nur einmal oben gewesen, und die morschen

Bretter waren ihr wenig vertrauenerweckend erschienen. Marianne musste ähnlich gedacht haben, denn alles, was sie im Haus nicht brauchte, brachte sie nicht auf den Speicher, sondern in den Geräteschuppen.

Aber diesmal war die Neugier stärker als die Angst.

Marianne hatte sich hingelegt, und Silvia saß mit der Zeitung in der Küche und trank ihren Kaffee.

Judith hatte ungefähr eine Stunde Zeit für ihre Suche.

Bevor sie es sich überlegen konnte, lief sie die ausgetretene Treppe nach oben und stieß die Bodentür auf. Es dauerte einen Augenblick, bis sich ihre Augen an das Dämmerlicht auf dem Speicher gewöhnt hatten. Dann tastete sie sich an der Wand entlang zum Lichtschalter. Das Licht flackerte kurz auf und verlosch dann.

Judith ärgerte sich, dass sie keine Ersatzbirne mitgenommen hatte.

Wie sollte sie in dem dämmerigen Zwielicht etwas finden?

Sollte sie die Suche trotzdem beginnen oder gleich wieder umkehren?

Nach kurzem Zögern beschloss Judith, zumindest den Schrank nahe der Bodentür in Augenschein zu nehmen. Notfalls konnte sie die Tür offenlassen.

Die Bretter knirschten unter ihren Schritten. Jetzt wurde ihr doch mulmig.

Langsam ging sie zurück zur Tür. Ein Brett knackte besonders laut.

Judith blieb stehen, aber es war schon zu spät. Das Brett gab nach, sie brach durch und fiel fast 50 cm tief, ehe sie wieder Halt unter den Füßen hatte. Judith versuchte, sich auf einem weiteren Brett abzustützen, mit dem Erfolg, dass auch das zweite Brett nachgab und sie diesmal mit den Armen durchbrach und beinahe aufs Gesicht gefallen wäre.

Sie stützte sich mit den Händen ab und versuchte, sich auf die Unterschenkel zu setzen, um besser aufstehen zu können.

Sie hatte im linken Bein überhaupt kein Gefühl.

›Das fehlte mir noch!‹ dachte Judith erschrocken.

Bei ihrem nächsten Versuch, sich an einem Brett hochzuziehen, brach sie ein drittes Mal durch den Boden. Staub und Moder spritzte ihr ins Gesicht.

Die Luft im Zwischenboden war muffig und unangenehm.

›Wie Fäulnisgase‹, dachte Judith, die plötzlich an die Chemiestunde denken musste.

Ihr wurde schlecht.

Wenn sie nicht bald aufstand, würde sie ohnmächtig.

Sie tastete die weiteren Bretter ab, in der Hoffnung, dass eins davon ihr Gewicht halten würde. Sie hatte schon beinahe die Bodentür erreicht, als sie an einen Balken im Fußboden kam, der ihr stabil genug schien. Sie stützte sich daran ab und schwang das rechte Bein auf den Balken. Das andere Bein gehorchte ihr nicht und stieß immer wieder gegen ein Stück Holz. Judith rollte sich auf die Seite und nahm Schwung, um das linke Bein ebenfalls auf den Balken zu bekommen. Nach mehreren Versuchen glückte es.

Judith sah sich um.

Der ganze Boden war morsch. Einige Stellen waren mit Hartfaserplatten abgedeckt worden. Weiter hinten klafften einige Löcher.

›Ganz schön leichtsinnig von mir‹, dachte Judith.

Sie dachte nicht mehr an die Briefe oder Papiere, die sie eigentlich gesucht hatte. Sie wollte nur noch zurück nach unten.

Die Frage war nur, wie sie von ihrem sicheren Balken aus über die Bruchstelle wieder zu den festeren Brettern vor der Bodentür gelangen konnte. Anscheinend gab es nur eine Möglichkeit: sich so lange wie möglich am Balken entlang zu tasten und dann einen großen Bogen um das Loch zu machen, um nicht wieder einzubrechen.

Nach zwei Metern hörte der Balken auf. Judith berührte die Bretter. Sie knackten bedenklich, gaben aber kaum nach, als Judith in Richtung Tür kroch.

Sie wusste nicht, warum sie sich noch einmal umdrehte.

An das Rascheln der Mäuse in der Zwischendecke hatte sie sich gewöhnt. Diesmal hörte es sich nicht an, als ob sie durch Holz und Glaswolle tobten, eher wie durch eine Abdeckplane. Aber wer stopfte eine Plane in die Zwischendecke? Im Krieg wurde kein Material vergeudet, und später schien niemand mehr hiergewesen zu sein. Oder doch?

Judith zögerte. Dann legte sie sich auf den Bauch, rutschte auf das Loch zu und zog an der Plane. Darunter lagen mehrere Holzteile, morsch und vergammelt, und etwas, das aussah wie ein altes Kleid.

Es dauerte einen Augenblick, bis Judith begriff, was sie entdeckt hatte.

Verblüfft starrte sie auf ihren Fund.

Dann breitete sie wieder die Plane darüber.

Sie war völlig ruhig, als sie den Dachboden verließ und in die Küche humpelte.

»Du, Silvia?«

»Hm?«

»Kannst du mal kommen?«

Silvia stellte die Kaffeetasse auf den Tisch und ließ die Zeitung sinken.

»Ist etwas?«

»Ich glaube, da oben liegt 'ne Leiche.«

Judith hatte später oft versucht, sich an diesen Tag zurückzuerinnern.

Es gelang ihr nicht.

Sie wusste nur noch, dass Silvia mit ihr nach oben ging und einen Blick unter die Plane warf. Irgendwann hatte das Haus von Polizei und Feuerwehr nur so gewimmelt. Eine Polizistin, die halb so alt war wie Marianne, stellte ihr behutsam Fragen. Sie antwortete, langsam und abwesend, an die Worte erinnerte sie sich nicht.

Eine Notärztin – *Juliane Neumann* stand in großer grüner Schrift auf ihrem Kittel – beugte sich über Marianne, die mit kalkweißem Gesicht auf einem Stuhl saß.

Die Küche schien sich zu drehen.

Dann war Silvia gekommen und hatte ihr ein Glas gebracht, dessen Inhalt so unangenehm roch wie die Luft auf dem Speicher.

»Ein Beruhigungsmittel.«

»Ich bin doch gar nicht aufgeregt.«

»Du stehst unter Schock.«

»Mir fehlt nichts.«

»Trotzdem.«

Judith hatte das Mittel geschluckt und war schlafen gegangen.

Sie schlief tief und traumlos, und als sie am nächsten Morgen erwachte, saß Silvia an ihrem Bett.

Sie war blass, und ihre Augen waren gerötet.

»Marianne?«

»Deine Mutter schläft noch. Die Ärztin hat ihr eine Spritze gegeben.«

Sie fuhr Judith durch die Haare.

»Du hast gute Nerven. Nicht jede in deinem Alter hätte so ruhig gehandelt. Ich bin froh, dass du mich geholt hast und nicht Marianne.«

»Du bist Ärztin. Marianne hätte das Haus zusammengeschrien und wäre dann in Ohnmacht gefallen.«

»Marianne hat auch so einen Schock erlitten. Sie hat einen

Heulkrampf bekommen und die Küche vollgebrochen«, sagte Silvia trocken.

»Du siehst auch schlecht aus«, sagte Judith.

»Hast du nichts genommen?«

Silvia verzog das Gesicht.

»Ich habe nicht geschlafen, das ist alles. Die Polizei im Haus, deine Mutter am Ende ihrer Nerven – die Gerichtsmedizin ...«

»Gerichtsmedizin?«

»Na, sicher, die beiden ... äh ... Körper mussten doch untersucht werden.«

Judith hatte gehofft, es wäre ein Alptraum gewesen. Aber der Alptraum schien erst anzufangen.

»Zwei? Es waren zwei?«

»Ja«, sagte Silvia.

»Eine Frau und ein Mädchen, etwas jünger als du. Bis jetzt stehen erst zwei Dinge fest: sie starben gewaltsam, und sie sind schon sehr lange tot.«

»Ich glaube, ich muss kotzen«, stöhnte Judith.

»Nur zu«, sagte Silvia.

Judith atmete ein paarmal tief durch.

»Es geht schon wieder.«

Sie schwang die Beine aus dem Bett.

»Wenn ich liegenbleibe, drehe ich durch.«

Ein schmerzhaftes Ziehen erinnerte sie daran, dass sie sich den Fuß verstaucht hatte.

Mit zusammengebissenen Zähnen stand sie auf.

»Geht es?« fragte Silvia.

Judith nickte nur und zog sich hastig an.

»Und sonst?« sagte sie.

»Alles ruhig?«

»Machst du Witze? Das halbe Dorf war schon da. Fehlte nur noch, dass wir Klapptische aufstellen und Bierausschank machen, während sie gruppenweise durch die Küche auf den Boden marschieren.«

Judith unterdrückte ein Kichern.

»Keine Sorge, ich habe sie alle an die Luft befördert. Christian hat die bessere Taktik, an ihm kommen sie gar nicht erst vorbei.«

»Christian?«

»Er hat bestimmt viermal auf den Anrufbeantworter gesprochen.

Irgendwann wurde er dann unruhig und hat sich ins Auto gesetzt. Der war außer sich vor Sorge um euch.«

Judith schnitt ein Gesicht.

»Will Marianne ihn nicht, oder rafft sie es echt nicht ab? Da hat sie mal die Chance, einen anständigen Typen abzukriegen ...«

Silvia unterbrach sie.

»Wenn du mir 'nen Gefallen tun willst, dann mach' für ihn mal 'n Frühstück fertig. Der hat bestimmt seit gestern Nachmittag nichts mehr gegessen.

Ich geh' wieder 'raus und helfe ihm, die ganzen Gaffer aus dem Garten zu scheuchen.«

»Willst du gar nichts essen?«

»Ich hab' schon. Deine Lehrerin war vorhin hier. Sie hat einen großen Topf Gemüsesuppe mitgebracht, weil wir bei der Aufregung bestimmt keine Zeit zum Kochen haben werden. Sie hat gefragt, ob du die nächsten Tage bei ihr wohnen willst, bis sich alles beruhigt hat.«

»Petra Lohberg ist schon in Ordnung«, sagte Judith, während sie Brote schmierte.

»Aber wer passt auf euch auf, wenn ich nicht da bin?«

Silvia lachte.

»Wir haben ja noch den Hund. Freya spielt übrigens total verrückt – vielleicht sollte ich sie einsperren, bevor sie jemanden beißt.«

»Besser ist das«, sagte Judith.

»Der Hund könnte sich bei den Leuten ja was holen.«

Judith setzte einen Kaffee an und starrte auf die Maschine, während das Wasser durchlief.

Zwei tote Frauen – gewaltsam ums Leben gekommen – schon sehr lange tot – bis jetzt nicht identifiziert ...

Woran erinnerte sie das?

Schon sehr lange tot ...

Vielleicht schon seit über fünfzig Jahren?

Gewaltsam ums Leben gekommen ...

Zwei polnische Fremdarbeiterinnen?

Vielleicht sogar ihre Urgroßmutter?

Würde jemand so weit gehen, diese Frauen zu töten und dann die Leichen auf dem Dachboden zu verstecken?

Sie zu töten, ja, überlegte Judith. *Aber warum die Leichen verstecken? Im Dritten Reich interessierte es doch niemanden, was aus den Frauen wurde. Niemand schützte sie. Sie waren Freiwild.*

Judith seufzte.

Sie würde abwarten müssen, was die Polizei herausfand. *Falls* sie etwas herausfand.

Die Kaffeemaschine hörte auf zu blubbern. Judith füllte den Kaffee in eine Thermoskanne, legte die Brote auf einen Teller, holte eine Tasse aus dem Schrank und stellte alles auf ein Tablett.

Christian hockte auf einem Klappstuhl auf der Veranda. Auf der Mauer lag schon die Morgenzeitung. Anscheinend hatte er die Zeitungsfrau gleich am Zaun abgefangen.

»Guten Morgen, Christian.«

»Moin, Judith.«

»Ich hab' dir was zu essen mitgebracht.«

»Bist 'ne *leeve Deern*.«

So viel Plattdeutsch verstand Judith inzwischen.

»Wie geht es Marianne?«

»Die Ärztin hat ihr ein Mittel gegeben. Sie schläft. Soll ich ihr sagen, dass du da bist?«

»Lass sie schlafen. Ich bleibe hier, solange ihr mich braucht.« Seine Stimme war leicht heiser.

Judith sah ihn genauer an.

Christian wirkte sehr müde, mit tiefen Ringen um die Augen, und seine Sachen sahen aus, als hätte er darin geschlafen.

»Hast du dich erkältet?«

»Kann sein. Ich hab' die Nacht im Auto verbracht und gewartet, dass sich hier mal was tut. Ich kann ja schlecht um vier Uhr morgens schon klingeln.

Zum Glück kam dann Silvia runter und hat mich reingelassen.«

»Hast du zu Hause angerufen und gesagt, wo du bist?«

»Nö, wieso?«

»Deine Leute werden dich doch vermissen und sich Sorgen machen.«

»Die würden sich auf mich stürzen wie die Geier und mich ausfragen, was hier los ist. Willst du mich loswerden? Wenn ja, musst du es nur sagen.«

»Natürlich nicht. Wie kommst du darauf?«

»Entschuldige. Ich bin einfach übermüdet.«

Christian hustete trocken, und als der Anfall vorbei war, lehnte er sich gegen die Mauer und atmete tief durch. Judith sah ihn besorgt an.

»Ich bezieh' dir das Gästebett«, sagte sie.

»Sieh zu, dass du 'n heißes Bad nimmst und dich 'ne Stunde hinlegst, bevor du 'ne Lungenentzündung kriegst.«

Christian grinste.

»Unkraut vergeht nicht.«

»Du musst es ja wissen«, sagte Judith.

»Du bleibst zum Essen, ja? Wir haben aber nur Gemüsesuppe.«

»Ich *liebe* Gemüsesuppe.«

»Fein. Ich sag' dir Bescheid, wenn das Essen fertig ist.«

»*Du büst 'ne leeve Deern, dat heff ik man jümmers seggt.*«

Judith spülte das Frühstücksgeschirr ab.

»Gib mir mal ein Tellertuch«, sagte Marianne, »ich trockne schnell ab.«

Judith gab ihr ein Geschirrtuch.

»Das war eben ein ganz schöner Hammer«, sagte sie.

»Kommt die Meyering mit ihren Kegelfreundinnen und marschiert hier einfach so durchs Haus.«

»Wie die Aasgeier«, sagte Marianne verächtlich.

»Haben die Leute hier überhaupt keinen Anstand? Sonst kommt doch auch niemand, und plötzlich sind sie alle da. Aber nicht zum Trösten und Helfen, nee, die denken wohl, das hier ist 'n Freizeitpark. Soll ich stündliche Führungen auf den Dachboden anbieten oder was?«

»Nimm Geld dafür«, sagte Judith trocken, »dann bleiben die von allein weg.«

»Das könnte von Silvia sein.«

»Ist es. Sie und Christian halten uns die Meute vom Pelz, das muss man den beiden echt lassen.«

»Christian ist hier?«

»Schon seit Stunden. Der ist echt gut, achtzehn Leute hat er schon 'rausgeschmissen. Bei Silvia waren es bloß elf. Und die Meyering hast *du* an die Luft befördert.«

»Wieso kriege ich das alles gar nicht mit?«

»Dr. Neumann hat dir 'ne ziemliche Dröhnung verpasst, hast du das schon vergessen? Du hast zwölf Stunden am Stück geschlafen. Ich wollte dich wecken, aber Christian sagte, ich soll dich schlafen lassen.«

»Wie spät ist es überhaupt?«

»Kurz vor elf.«

»Dann sollte ich mich mal ums Essen kümmern.«

»Die Suppe steht auf dem Herd.«

»Sag bloß, ihr habt schon das Essen fertig.«

»Frau Lohberg war heute morgen hier und hat einen Topf Gemüsebrühe gebracht.«

»Wer?«

»Petra. Die Lehrerin aus Nummer 15, die mich morgens manchmal mitnimmt.«

»Wie nett von ihr. Ich werde sie nachher mal anrufen.«

Sie warf einen Blick in den Topf.

»Damit könnte man eine ganze Armee drei Tage lang verköstigen. Frag' Christian doch mal, ob er zum Essen bleiben will.«

»Hab' ich schon.«

»Und?«

»Ich hab' ihm gar keine große Wahl gelassen. Immerhin hat er wegen dir die halbe Nacht im Vorgarten verbracht, da hat er sich ja wohl 'ne warme Mahlzeit verdient.«

»*Was* hat er?«

»Frag ihn doch selber. Da kommt er gerade.«

Judith hatte gehofft, dass die Schule etwas Ablenkung bringen würde.

Aber auch dort war der Leichenfund in Mariannes Haus Thema Nummer Eins.

Gleich auf dem Flur traf sie auf Inka und Corinna.

»Scheußliche Sache, wie?«

»Ja, ganz scheußlich«, sagte Judith knapp.

»Und du hast sie gefunden?«

»Du Arme! Und deine Mutter, ist die echt zusammengebrochen?«

»Wer waren denn die beiden?«

»Iiiih, dann habt ihr immer in der Küche gesessen, und über euch ... äääh!«

Judith seufzte.

Was hatte sie denn erwartet?

Es war überall dasselbe, und hier war niemand, der ihr die neugierigen Mitschülerinnen vom Hals hielt. Sie musste sich schon selbst helfen.

Geduldig erklärte sie, dass sie durch Zufall die Leichen gefunden hatte (»ja, es war wirklich grässlich«), dass es keine Anhaltspunkte gebe (»nein, die Polizei tappt selbst noch im Dunkeln«) und dass es absolut keinen Sinn habe, sie zu besuchen (»die Polizei hat alles abgesperrt und versiegelt – wir dürfen die laufenden Ermittlungen nicht behindern ...«)

Wenn sie ehrlich war, konnte sie den anderen ihre Neugier nicht einmal verdenken. Aber durch die ständigen Fragen wurde sie immer wieder an die Ereignisse des vergangenen Freitags erinnert, und genau das wollte sie nicht. Dann hätte sie auch zu Hause bleiben können.

Und Britta starrte sie die ganze Zeit an und schien zu überlegen, ob sie etwas sagen sollte oder nicht.

›Mach den Mund auf, blöde Tussi, und du kriegst 'nen Tritt, dass du bis nach Timbuktu fliegst‹, dachte Judith böse.

Einer von Brittas blöden Sprüchen hätte ihr gerade noch gefehlt.

Aber natürlich hielt Britta nicht den Mund.

Scheinheilig fragte sie:

»Na, wie geht's dir?«

Judith schnitt ein Gesicht:

»Interessiert's dich wirklich, oder treibst du bloß Konversation?«

»Warum tust du eigentlich immer so zickig, wenn ich mit dir rede?«

›Wer hier wohl zickig ist?‹ dachte Judith.

»Ich habe jetzt echt keinen Nerv, mit dir zu diskutieren«, sagte sie.

»Kommt doch sowieso nichts bei 'raus.«

Sie packte ihre Tasche und verließ das Klassenzimmer.

»He, ich rede mit dir. Wo willst du denn hin?«

»Egal, Hauptsache, weg von dir.«

Eines der üblichen hirnlosen Gespräche mit Britta war mehr, als sie jetzt ertragen konnte.

»Du kannst jetzt nicht nach Hause. Wir wollten doch noch über das Klassenfest sprechen.«

»Leck mich doch am Arsch!« schrie Judith.

Sie griff nach ihrer Tasche und rannte den Korridor entlang.

»Judith! So warte doch!«

Aber Judith wartete nicht. Sie rannte weiter und wäre grußlos an Pfarrer Wegener vorbeigelaufen, wenn er sie nicht angesprochen hätte.

»Guten Morgen, Judith!«

»Oh, entschuldigen Sie, ich habe Sie gar nicht gesehen.«

»Judith«, sagte der Pfarrer leise, »du hast in den letzten Tagen wahrscheinlich mehr durchgemacht, als du ertragen kannst. Wenn ihr – du und deine Mutter – Hilfe und geistlichen Beistand braucht, ruf' mich an oder komm in meine Sprechstunde. Ich werde da sein.«

Judith gelang ein Lächeln, obwohl ihr eher nach Weinen zumute war.

»Ich danke Ihnen. Ich würde mich freuen, wenn Sie uns besuchen könnten.«

»Wann immer du willst, Judith.«

Christian holte sie von der Schule ab.

»Wo kommst du denn her?« fragte Judith, nachdem sie ihre Schultasche auf dem Rücksitz verstaut hatte.

»Ich war gerade in der Gegend. Da dachte ich, guckst mal, ob Judith schon Schulschluss hat.«

»Wieso, wo warst du denn?«

»Beim Arzt. Ihr drei gebt ja doch keine Ruhe.«

»Mit ʼner verschleppten Erkältung ist auch nicht zu spaßen.«

»Übertreib nicht. Außerdem hättet ihr mich ja anrufen können, ich wäre sofort gekommen. Was meinst du, wie blöd ich mir vorkam, als ich davon im Radio gehört habe? Ich hab' ständig versucht, euch zu erreichen, aber es lief nur euer AB. Echt toll – ich dachte, wir wären Freunde.«

Er hustete, und Judith war sicher, dass er Fieber hatte.

»Wir *sind* Freunde«, sagte sie entschieden.

»Wie war es beim Arzt?«

»Bronchitis. Drei Tage gelber Schein. Beruhigt?«

»Du hältst dich ja doch nicht an das, was der Arzt gesagt hat.«

Christian verdrehte die Augen und wechselte das Thema.

»Wie war es in der Schule?«

»Blöd«, sagte Judith.

»Die waren noch schlimmer als die Nachbarn. Nur der Pfarrer hat uns Hilfe angeboten. Die anderen konntest du alle vergessen. Der Heinz hat mich erst vollgelabert und mir dann ʼne Strafarbeit verpasst, weil ich ihn abgewürgt habe, und die anderen haben mich behandelt, als wäre ich unsichtbar.

Und Britta – dieser blöden Schnepfe hätte ich fast eine ʼreingesemmelt.«

»Lohnt nicht«, sagte Christian.

»Ich weiß«, seufzte Judith.

»Trotzdem.«

Marianne hatte gerade den Tisch abgeräumt und die Teller in die Spüle gestellt, als der Hund anschlug.

»Da ist jemand auf der Diele«, sagte Judith.

»Können die Leute nicht an die Haustür klopfen?« schimpfte Silvia.

»Na, warte, der kann etwas erleben.«

Judith war auf alles mögliche gefasst gewesen.

Auf Mathilde hätte sie nicht geraten.

Wenn Christian schon bleich und übernächtigt ausgesehen hatte, so sah Mathilde aus, als hätte sie drei Nächte lang gewacht und geweint.

Ihre Augen waren rot und verquollen, ihr Kleid war ungebügelt, und das graue Haar war nicht wie sonst ordentlich aufgesteckt, sondern hing in einem nachlässigen Zopf herunter.

»Ich muss mit euch reden«, keuchte sie.

Marianne bot ihr wortlos einen Stuhl an, und Mathilde ließ sich regelrecht hineinplumpsen.

»Ich muss euch das erklären. Ihr sollt nichts Falsches denken.«

Damit schien Mathilde an die Grenzen der hochdeutschen Sprache gelangt zu sein.

»*Ik hev juch wat to seggen!*« fuhr sie auf Plattdeutsch fort.

Die Frauen sahen einander ratlos an. Noch immer verstanden sie kaum Platt. Die Unterhaltung mit Mathilde war nicht nur wegen der Schwerhörigkeit der Frau oft ein Problem gewesen.

»*Set di dal un snack di ut*«, sagte Christian.

Mathilde sah Christian verunsichert an und blickte wieder zu Marianne.

»*Se versteiht keen Platt, dat weeßt du doch. Wenn du wat to seggen hast, mutt du mi dat vertellen, dann översett ick ehr dat in Hochdüütsch. Ansünsten ward dat nix.*«

Mathilde zögerte. Dann begann sie zu sprechen. Sie sah Christian nicht an und starrte die ganze Zeit auf eine gesprungene Fliese beim Waschbecken, während sie erzählte. Zum Schluss brach sie in Tränen aus.

Christian nahm sie in den Arm und ließ sie sich ausweinen. Auch sein Gesicht war nass.

Als Mathilde sich wieder gefasst hatte, sah sie angstvoll zu Marianne hin. Diese nickte beruhigend, obwohl sie kein Wort verstanden hatte.

Mathilde stand auf, nahm ihre Tasche und sagte:

»*Dann schall ik man wedder gohn. Ik hev seggt, wat to seggen was, mehr kann ik nich dohn. Nich nach all de Tied.*«

In der Tür drehte sie sich noch einmal um und sagte:

»*Mien Jung, dat ward ook Tied, dat du mal een paar Johr wieder denkst. Dat is doch eene schmucke Fruu. Wullt du di nich mal verfreen?*«

Dann ging sie.

Christian verschwand im Badezimmer und schlug die Tür hinter sich zu.

Als er nach einiger Zeit wieder herauskam, schien seine Gesichtsfarbe grünlich.

›Schade um Petras Suppe‹, dachte Judith.

Was mochte Mathilde ihm erzählt haben?

»Hast du etwas zu trinken im Haus? Wir werden es nötig haben.«

Judith stand auf und holte die Gläser, noch bevor Marianne etwas sagen konnte. Dass Christian nicht von Kaffee gesprochen hatte, war ihr auch klar.

Silvia schwenkte die Flasche und schenkte die Gläser voll. Bei Judith stutzte sie kurz, dann goss sie einen Fingerbreit hinein und füllte das Glas mit Cola auf.

Niemand sprach.

Nach einer kleinen Ewigkeit räusperte sich Christian. Er war noch immer sehr blass.

»Sie weiß, wer die beiden waren«, sagte er schließlich.

Marianne und Silvia sahen ihn überrascht an.

Judith schwieg lange.

»Nicht wahr«, sagte sie dann leise, »die ältere Tote war Marysia Dariusz.«

»Nein«, sagte Christian ebenso leise.

»Es war Rebecca Rosenbaum.«

»Aber ... Rebecca ist doch mit ihrer Tochter geflohen«, sagte Marianne.

»Nein.«

»Das verstehe ich nicht.«

»Onkel Karl wollte seine Frau und seine Tochter in Sicherheit bringen. Aber es war bereits zu spät. Sein eigener Bruder hat sie verraten. Die Nazis kamen her, um sie abzuholen. Drei Tage hielten sie sich auf dem Heuboden versteckt. Als keine Hoffnung mehr bestand, sie vor dem KZ zu retten, hat er die beiden erschossen.«

Marianne gab einen würgenden Laut von sich.

Judith biss sich in den Handballen, um nicht zu schreien.

»Oh nein«, flüsterte Silvia.

»Und Mathilde wusste davon?«

»Sie hat ihm geholfen, die beiden Leichen zu verstecken, damit die Nazis sie nicht mitnehmen in ein Forschungslabor. Sie hat all die Jahre geschwiegen – bis heute.«

»Und was wird jetzt aus ihr?« fragte Marianne.

»Kann die Polizei sie nach der langen Zeit noch drankriegen wegen Beihilfe?«

»Das glaube ich nicht«, sagte Silvia.

»So viele Kriegsverbrecher laufen noch frei herum, und sie hat doch gar nichts gemacht.«

»Das Gesetz sieht das vielleicht anders.«

»Sie ist über achtzig Jahre alt. Selbst wenn sie sich strafbar gemacht hat, können sie sie nicht einsperren. Ein guter Anwalt würde die Anklage in Einzelteile zerpflücken.«

»Und er hat die ganze Zeit mit dieser Schuld gelebt?«

Marianne konnte es nicht fassen.

»Ich glaube, ihm war nie klar, was er getan hat, und wenn ja, hat er die Schuld dafür seinem Bruder gegeben«, sagte Christian nachdenklich.

»Schließlich hat der ihn dazu getrieben. Wer weiß schon, was in einem anderen Menschen vorgeht?«

»Und wer war diese Marysia?« fragte Silvia.

»Marysia Dariusz war eine von sechs polnischen Zwangsarbeiterinnen auf dem Behrmann'schen Besitz. Sie bekam ein Kind von Wilhelm Behrmann, der sie dann in eine Fabrik abschob, und ist später an Typhus gestorben. Onkel Karl sorgte dafür, dass das Kind auf dem Hof bleiben konnte. Sie bekam auch deutsche Papiere und einen neuen Namen. Charlotte wurde die Pflegemutter des kleinen Mädchens, und Onkel Karl kam für alle Kosten auf. Schließlich war sie seine Nichte, auch wenn Wilhelm Behrmann die Vaterschaft nie anerkannt hatte. Er glaubte wohl, den Tod seiner Frau und seiner Tochter dadurch sühnen zu können. Der Familie war das natürlich nicht recht, dass er das uneheliche Kind einer Zwangsarbeiterin mit seinen Nichten und Neffen gleichstellen wollte, und sie behandelten das Mädchen ziemlich schlecht. Maria, wie die kleine Marysia genannt wurde, war auf dem Hof vermutlich genau so unglücklich wie ihre Mutter. Sie heiratete früh und zog an den Rhein. Für die Familie war das Thema danach erledigt, nicht aber für Onkel Karl. Er enterbte seine Familie und setzte Maria Darsch, wie sie dann hieß, als Alleinerbin ein. Aber sie starb fast 20 Jahre vor ihm, und wie er dann auf Marianne kam – weiß der Geier.«

Marianne lächelte traurig.

»Maria Darsch war meine Mutter.«

Christian verschluckte sich beinahe an seinem Cognac.

»Deine *Mutter*?«

Statt einer Antwort griff Marianne zum Telefon.

»Hier spricht Marianne Wagner vom Erlenhof in

Vosshagen. Ich hätte gern die Dienststellenleitung gesprochen. Ja, ich warte ... «

Judith warf einen Blick auf die Uhr. Elf vorbei! Hatte sie so lange geschlafen? Im Haus war es ruhig. Christian war mit Mathilde zur Polizei gefahren, um ihre Aussage protokollieren zu lassen. Marianne hatte reihenweise Bestattungsunternehmen abtelefoniert und wollte zwei Bestatter persönlich aufsuchen. Wahrscheinlich war sie noch nicht wieder zurück.

Gleich nach dem Aufstehen mochte Judith noch nichts essen. Aber sie hatte Durst und wollte sich gerade ein Glas Saft aus der Küche holen, als sie Hans-Wilhelm Behrmann durch die Hintertür in die Waschküche kommen sah.

Hastig stellte sie den Saft in den Kühlschrank zurück.

Ihm würde sie bestimmt nichts anbieten.

»Ist deine Mutter da? Ich hab' mit ihr zu reden. «

»Moin, sagt der Bauer, wenn er in 'n Kuhstall kommt«, murmelte Judith.

»Du bist reichlich vorlaut. «

Judith dachte an Dr. Elsenbach und musste grinsen.

»Kannst dich ja bei Marianne beschweren. Du wolltest doch sowieso mit ihr reden. «

»Wer wollte mit mir reden? «

Marianne, die im gleichen Moment in die Küche kam, hatte nur die letzten Worte gehört.

Hans-Wilhelm Behrmann kam sofort zur Sache.

»Dreihunderttausend – das ist mein letztes Wort. «

»Willst du mich auf den Arm nehmen? « fragte Marianne.

»Meinst du, ich wüsste nicht, dass der Hof mindestens dreimal so viel wert ist? «

Hans-Wilhelm sah sie böse an.

»Ich rate dir gut, überlege es dir noch einmal. Wenn du mir

den Hof nicht verkaufen willst, werde ich das Testament anfechten lassen, und dann bekommst du gar nichts.«

»Wenn du dir davon etwas versprechen würdest, hättest du es lange getan. Wahrscheinlich hat dir dein Anwalt davon abgeraten. Schließlich hat Onkel Karl euch nicht aus Jux enterbt.«

»Du hast Glück, dass nach der Höfeverordnung ein Hof nicht geteilt werden darf. Nur deshalb hast du alles bekommen. Aber mit deinem Glück ist es nun vorbei, meine Liebe. Ein drittes Angebot mache ich dir nicht.«

»Es gibt nichts zu überlegen. Ich will dein schmutziges Geld nicht. Ich will den Hof.«

Judith sah ihre Mutter verblüfft an. Marianne fing tatsächlich an, sich zu wehren.

Auch Hans-Wilhelm verschlug es die Sprache. Dann wechselte er die Taktik.

»Was willst du allein als Frau auf einem Hof? Du kannst ihn ja doch nicht bewirtschaften. Und wenn du sowieso alles verpachten musst, kannst du es mir genauso gut verkaufen. Mein Junge ist Landwirt und versteht was von der Sache.

Hör mal«, sagte er, als wäre ihm das eben erst eingefallen, »der Hansi hat keine Frau. Warum tut ihr euch nicht zusammen? Dann wären doch alle unsere Probleme gelöst.«

»Bist du völlig verrückt geworden,« schrie Marianne, »ich gehe doch nicht mit meinem eigenen Cousin ins Bett, um etwas zu bekommen, das mir bereits gehört!«

Hans-Wilhelm starrte sie mit offenem Mund an.

Nach einer Weile fragte er:

»*Was* hast du eben gesagt?«

»Du hast mich sehr gut verstanden.«

»Ich habe keine Ahnung, wovon du redest.«

»Meine Mutter war deine Schwester«, sagte Marianne.

»Sie wurde hier auf dem Hof gezeugt und geboren, bloß im

falschen Bett. Wenn's überhaupt ein Bett war, er soll sie ja alle im Kuhstall flachgelegt haben, der alte Mistkerl. Onkel Karl hat seine Frau und seine Tochter getötet, um ihnen das KZ zu ersparen, nachdem dein Vater sie für einen Judaslohn an die Nazis verraten hat.

Deshalb hat er euch alle enterbt.

Und jetzt 'raus aus meiner Küche!«

»Du warst ja ganz schön in Fahrt«, sagte Silvia.

»So kenne ich dich gar nicht.«

Marianne setzte ihre Teetasse ab und sah die Freundin an.

»Das war erst der Anfang. Ihr werdet euch noch wundern.«

»Also, mich wundert überhaupt nichts mehr«, sagte Judith.

»Du hast dich echt verändert.«

»Und was wolltest du jetzt mit uns besprechen?«

»Erzähl ich euch gleich. Wir müssen noch auf Christian warten.«

»Ach«, sagte Judith.

»Sieh mal an«, sagte Silvia.

Marianne wurde rot.

»Was ihr immer gleich denkt – da läuft gar nichts.«

»Schade. Nach Thomas kannst du dich nur verbessern.«

»Bin ich zu spät?« fragte Christian.

Judith und Silvia wechselten einen Blick. Sie hatten ihn gar nicht kommen hören.

»Nein, natürlich nicht. Trinkst du 'nen Tee mit?«

»Kaffee, wenn du hast.«

»Judith, kannst du mal 'nen Kaffee ansetzen?«

»Klar.«

›Hoffentlich hat er das jetzt nicht mitgekriegt‹, dachte Judith.

»Eins ist wirklich komisch«, hörte sie Marianne noch sagen, »wir haben immer gedacht, in Norddeutschland wird nur Tee getrunken. Aber alle Welt hier trinkt Kaffee, die einzigen, die echt Tee trinken, sind wir.«

Judith warf einen Blick auf die Uhr und schaltete das Radio ein, während die Kaffeemaschine blubberte. Danach füllte sie den Kaffee um in eine große Porzellankanne und ging wieder ins Wohnzimmer. Marianne hatte anscheinend gerade von Hans-Wilhelms Besuch erzählt, denn Christian sagte:

»Er ist ein Arsch, klar. Aber er hat schon recht, allein kannst du den Hof nicht bewirtschaften. Und verkaufen willst du anscheinend auch nicht. Was hast du also vor? Du willst doch nicht wirklich den jungen Behrmann heiraten, oder?«

Marianne lachte.

»Den? Den würde ich nicht mal geschenkt nehmen. Nein, ich habe mir etwas anderes überlegt, aber da es euch alle betrifft, muss ich euch vorher fragen.«

Sie sah ihre Tochter an.

»Wir hatten uns vor ein paar Monaten gewünscht, unser altes Leben hinter uns zu lassen und neu anzufangen. Das ist wohl ein bisschen anders gelaufen als wir uns das vorgestellt haben. Ich weiß, wie schwer die erste Zeit hier für dich war. Möchtest du zurück an den Rhein?«

»Nein.«

»Glaubst du, du könntest in diesem Haus leben, nachdem ...«

Sie sprach nicht zu Ende. Aber Judith verstand sie auch so.

»Die beiden werden diese Woche beerdigt und haben endlich ihren Frieden. Sie haben über fünfzig Jahre Zeit gehabt, hier zu spuken. Wenn sie's nicht getan haben, solange sie hier waren, werden sie's jetzt auch nicht mehr tun.

Übrigens sind in allen alten Häusern irgendwann mal irgendwelche Leute gestorben. Wenn es danach ginge, dürfte man überhaupt nirgends wohnen. Außerdem gefällt es mir in Norddeutschland.«

»Was ist mit dir, Silvia? Willst du nach Hause fahren und dich mit deinem Mann aussprechen?«

Silvia wirkte überrascht.

»Ich war doch erst in Köln, um meine Angelegenheiten zu regeln. Wir haben uns auf eine einvernehmliche Scheidung geeinigt und die Auflösung der Praxisgemeinschaft. Wie ich Martin kenne, steht schon ein Nachfolger für mich vor der Tür. Die Finanzen können wir schriftlich regeln. Martin hat mir einen hohen Vorschuss auf meinen Anteil an der Praxis überwiesen. Ich kann also anfangen, mir ein neues Leben aufzubauen. Nein, ich habe meine Meinung nicht geändert, seit ich zurück bin.«

»Das habe ich auch nicht erwartet. Ich frage nur, weil ich sonst einen Vorschlag habe.«

»Schieß los.«

»Für zwei Personen ist das Haus viel zu groß. Was sollen Judith und ich mit vierzehn Zimmern? Der ganze Seitenflügel steht leer. Warum richtest du dir nicht dort eine Praxis ein? Tierärztinnen werden auf dem Land immer gebraucht. Du weißt selbst, wie viele Leute mich ansprechen und fragen, ob du hierbleibst, weil Degenhardt das allein nicht mehr schafft. Und die ersten vierbeinigen Patienten hast du ja schon kennengelernt. Die Leute kommen wieder, die sind alle ganz begeistert von dir. Und über die Miete werden wir uns schon einig.

Was hältst du davon?«

Silvia starrte ihre Freundin an. Zum erstenmal erlebte Judith sie sprachlos.

Dann stieß sie einen Freudenschrei aus.

»Marianne! Du bist so ein Schatz!«

»Ich nehme an, das heißt ja«, sagte Marianne trocken.

»Worauf du dich verlassen kannst«, sagte Silvia, die allmählich ihre Sprache wiederfand.

»Und was hast du sonst so vor?« fragte Christian.

»Das war doch sicher noch nicht alles.«

»Natürlich nicht«, sagte Marianne.

»Wir haben das Haus, den Garten, den Betrieb mit den Stallungen und Schuppen sowie das Land. In einem Punkt muss ich meinem Onkel recht geben, von Landwirtschaft verstehe ich nichts, und ich habe auch nicht vor, mir fünfzig Ziegen anzuschaffen und die dreimal am Tag zu melken. Eher noch könnte ich mir einen Hofladen vorstellen, aber das braucht natürlich viel Planung und Vorbereitung, ist auch noch nicht so ganz ausgegoren.

Also! Ich werde meine Arbeitszeit halbieren und von April bis Oktober Zimmer mit Frühstück für Radwanderer anbieten. Die drei Knechtekammern sind doch ideal dafür. Mittelfristig werde ich mir auch einen anderen Job suchen, bei dem ich zu Hause arbeiten kann. Das Büro hängt mir so zum Hals raus, das könnt ihr euch gar nicht vorstellen. Vielleicht was mit Ernährung. Dann könnten wir hinter dem alten Schweinestall bei den Obstbäumen einen Gemüsegarten anlegen und eigene Kartoffeln ernten.

Und im Haus ist so viel Platz, das können wir großzügig aufteilen. Ich bleibe dann im vorderen Bereich, Judith kann sich Onkel Karlis Wohnung fertigmachen, Silvia richtet sich eine Praxis ein, sie kann hier auch wohnen oder sich im Ort etwas suchen, die Knechtekammern vermieten wir an Urlauber ...«

»Und was hast du mit dem Hof vor?« fragte Christian.

»Einen Teil der Schuppen könnte ich vermieten«, sagte Marianne.

»Das meiste ist sowieso ziemlich baufällig und kann weg. Aber da ist noch das Land und der Maschinenpark. Wärst du interessiert?«

»Interessiert schon«, sagte Christian.

»Aber egal welchen Preis du mir machst, ich werde mir das nicht leisten können. Es hat ja einen Grund, dass ich nur im

Nebenerwerb Landwirtschaft betreibe. Der Opa hat noch seine Ammenkühe und die Hühner, Oma ihre drei Ponys, meine Mutter macht das Melken und ich die Feldbestellung. Wir sind schon länger am Überlegen, ob wir nicht einfach mit der Landwirtschaft aufhören, wenn meine Mutter in Rente geht. Wenn ich so viel Geld hätte, mir so einfach einen Fuhrpark und jede Menge Land zu kaufen, dann hätte ich schon lange die Schlosserei an den Nagel gehängt und unseren Hof vergrößert.«

»Ich will nicht verkaufen. Aber die Pachtverträge für das Land laufen im September aus, und dann kann ich damit machen, was ich will.

Ich biete dir an, den Hof mit allen zugehörigen Ländereien und Maschinen sowie der Altenteilerwohnung ab ersten Oktober zu pachten. Wenn du willst, kannst du vorher schon einziehen – ich fürchte, es muss allerhand renoviert werden.«

Christian sagte gar nichts.

Verunsichert sagte Marianne:

»Ich dachte, du würdest dich freuen.«

»Tu ich auch. Aber was würde *er* dazu sagen, wenn ich bei dir wohne?«

»Wer?«

»Na, dein Mann. Jedenfalls hat er gesagt, dass er dein Mann ist. Ich dachte, ihr hättet euch getrennt. Da hab' ich wohl was nicht mitgekriegt.«

»Wovon redest du überhaupt?«

»Neulich, als ich drüben bei Fiete war, hat so'n Schnösel bei ihm gehalten und gefragt, wie er zum Erlenhof nach Vosshagen kommt. Er hat erzählt, ihr wärt seit über zehn Jahren verheiratet und hättet nur gerade eine kleine Krise gehabt.

Und mit so 'nem Wichtigtuer möchte ich auch nicht unter einem Dach leben. Das würde keine drei Tage gut gehen, mal ganz abgesehen von dem Gerede im Dorf.«

»*Thomas* war hier?« fragten Silvia und Judith fast gleichzeitig.

»Davon hast du gar nichts erzählt.«

»Wozu auch? Der Besuch hat keine zehn Minuten gedauert. Die Fahrt hätte er sich schenken können.«

»Was wollte er denn?«

»Ob ich nicht die Scheidungsklage zurückziehen, den Hof verkaufen und nach Hause kommen möchte. Ob wir nicht wieder eine Familie sein wollen. Und so weiter ...«

»Und?«

Über mangelnde Aufmerksamkeit konnte sich Marianne nicht beklagen.

»Ich habe ihn genauso achtkantig 'rausgeschmissen wie eben meinen lieben Onkel. Da wurde er dann ziemlich böse und sagte, die Scheidung würde mich teuer zu stehen kommen, jetzt, wo ich so viel geerbt hätte.

Für wie blöd hält er mich eigentlich? Schließlich hat *seine* Familie damals auf dem Ehevertrag bestanden. Von mir bekommt er keinen Pfennig.«

Marianne wischte das Thema dann mit einer Handbewegung vom Tisch.

»Was soll's. Wir sind so gut wie geschieden. Das ist Vergangenheit. Lasst uns lieber über die Gegenwart und die Zukunft reden.«

»Aber Thomas wird ja sicher seine Tochter sehen wollen ...«

»Er ist nicht Judiths Vater«, sagte Marianne ruhig.

Christian verzog keine Miene.

»Also zurück zu meiner Frage: könntest du dir das vorstellen? Sonst würde ich den Vertrag mit dem bisherigen Pächter verlängern.«

Christian sah sie nachdenklich an.

»Das mit dem Hofladen und dem eigenen Gemüse finde ich gar nicht so dumm«, sagte er.

»Wir könnten auf den Koppeln Kartoffeln anpflanzen. Die Feriengäste machen Urlaub auf dem Bauernhof und dürfen mitmachen. Wir könnten uns zertifizieren lassen für Öko-Landwirtschaft ...«

»Schräg«, sagte Judith.

Ihr gefiel die Idee.

»Was meinst du wohl, was die alten Bauern mit ihren Ansichten von 1960 darüber lachen werden? Irgendwo in Dithmarschen gibt es so etwas schon. Hier ist das noch totales Neuland. Lass uns mal ein paar Ideen sammeln. Dann könnten wir nächste Woche zum Bauernverband fahren und uns beraten lassen.«

Wir hatte Christian gesagt. Es würde gemeinsame Pläne geben.

Bei nächster Gelegenheit würde Judith zum Gebetshaus radeln und dort mindestens drei Kerzen aufstellen.

Silvias nächste Frage riss sie aus ihren Gedanken.

»Was ich dich noch fragen wollte, was hatte Mathilde eigentlich ganz zum Schluss gesagt? Du weißt schon ...«

Christian grinste.

»Sie sagte, ich solle allmählich mal ans Heiraten denken. Ob ich Marianne schon gefragt hätte, wollte sie wissen.«

»Und?«

Christian sah sie freundlich an.

»Bist du sicher, dass du heute keine Patienten besuchen musst?«

»Nein, aber ich könnte zum Veterinäramt fahren und eine Zulassung für die neue Praxis beantragen ...«

»Worauf wartest du dann?«

»Auf meine Praktikantin.«

Sie berührte Judith an der Schulter.

»Na komm. Wir haben heute noch eine ganze Menge zu tun.«

ANFANG UND ENDE

DER KREIS SCHLIESST SICH

Am Samstag war die Beerdigung.

Marianne sah Judiths Kleiderschrank durch und stellte fest, dass Judith nichts Passendes für den Trauergottesdienst hatte. Der Hosenanzug, den sie auf der Trauerfeier für ihre Tante getragen hatte, passte ihr nicht mehr. Sie war seitdem ein gutes Stück gewachsen. Doch das Problem löste sich von selbst. Mathilde erschien eine Stunde vor dem Kirchgang und brachte ein Kleid mit. Im großen Dielenschrank des Altenteils hingen noch immer einige Kleider, die Sarah und ihrer Mutter gehört hatten. Mathilde hatte auf Karls Wunsch die Sachen immer gepflegt und gegen Motten geschützt. Am Tag vor der Trauerfeier hatte sie Rebeccas dunkles Feiertagskleid mitgenommen, gewaschen, gestärkt und gebügelt. Es passte, als sei es für Judith gemacht worden.

Judith stand mit dem Kleid vor dem Spiegel und betrachtete sich verwirrt, so, als könne sie nicht glauben, dass sie noch genauso aussah wie vor wenigen Wochen. Es hätte sie nicht gewundert, wenn sie eine graue Strähne in ihrem Haar entdeckt hätte. Natürlich fand sie keine.

Sarah und Rebecca würden heute beerdigt, und Pfarrer Wegener hatte auch eine Messe für Marysia gelesen. Für ihren Vater hatte sie keine Messe lesen lassen. Gegen alle Vernunft hoffte sie, dass er noch lebte.

Judith wusste, dass das Leben weiterging, weitergehen musste, aber sie verspürte ein Gefühl, das über Trauer hinausging. Da war so viel, über das sie nachdenken musste.

›Später‹, sagte sie zu ihrem Spiegelbild, ›nach der Trauerfeier hast du dafür alle Zeit der Welt ...‹

Marianne stellte sich neben sie und zupfte an ihren Haaren. In ihrem schwarzen Leinenkleid wirkte sie sehr schlicht. Das einzig Auffällige war eine schmale Goldkette mit einem schwarzen Stein in der Mitte. Judith konnte sich nicht erinnern, diese Kette jemals bei Marianne gesehen zu haben.

Waren die Ohrringe auch neu?

Silvia nahm ihren Arm.

»Komm«, sagte sie leise.

»Wir müssen los.«

Marianne und Mathilde fuhren mit Christian, Judith fuhr mit Silvia mit.

Sie sah Christian erst vor der Kapelle und musste zweimal hinsehen. In seinem dunklen Anzug mit Krawatte hätte sie ihn fast nicht erkannt. Judith fragte sich, ob er für diesen Anlass auch sein Auto aufgeräumt und gewaschen hatte.

Vor der Kirchentür blieb Marianne noch einmal stehen und zog Christians Krawatte gerade. Erst jetzt fiel Judith der Ring auf, den Marianne an der rechten Hand trug. Ihren Ehering trug sie schon lange nicht mehr. Judith sah genauer hin. Es war ein schmaler Goldring mit einem schwarzen Stein, passend zu den beiden anderen Stücken.

Die Kirchenglocken läuteten.

Der Gottesdienst begann.

Die Kirche war fast leer. Marianne war es gelungen, den Termin für die Beisetzung mehr oder weniger geheimzuhalten. Fast sechzig Jahre lang hatte es niemanden interessiert, was aus Rebecca und Sarah geworden war. Auf Presseleute und Schaulustige konnten sie jetzt auch verzichten. Die Familienanzeige würde erst in der kommenden Woche erscheinen, wenn alles vorüber war.

Judith war froh, dass die beiden ein kirchliches Begräbnis bekommen sollten, wenn sie sich auch nicht sicher war, ob dies nicht eigentlich Aufgabe eines Rabbiners gewesen wäre. Mathilde war sich sicher, dass Sarah getauft war – ob Rebecca dem jüdischen oder dem christlichen Glauben angehört hatte, wusste sie nicht. Der evangelische Pastor war zu jung, um sich mit den nationalsozialistischen Spitzfindigkeiten von ›jüdisch‹ auszukennen. Sarah war getauft und damit eine Protestantin, und wenn er die Tochter beerdigte, würde er der Mutter das christliche Begräbnis nicht verweigern. Er war der vierte Geistliche, dem Marianne das Problem vorgetragen hatte, und der erste, der spontan bereit gewesen war, den Gottesdienst zu halten.

Judith sah sich in der Kapelle um. Der Küster hatte zwei Vasen mit Lilien gefüllt. Kränze gab es keine, nur Blumengestecke. Darauf hatten sich die fünf einzigen Trauergäste geeinigt.

Die Trauerrede war kurz. Der Pastor predigte über den Verrat des Judas, über die Vergebung Christi und schlug dann den Bogen zu Rebecca und Sarah. Aus den spärlichen Informationen, die er hatte, formte er ein anschauliches Bild vom Leben der beiden Frauen.

Zum Abschluss mahnte er:

»Vergiftet eure Seelen nicht mit Hass und Zorn, meine Kinder. Nur Gott darf richten. Er vergebe uns unsere Schuld, wie auch wir vergeben unseren Schuldigern.«

Fünfundfünfzig Jahre nach ihrem Tod wurden Rebecca Rosenbaum-Behrmann und ihre Tochter auf dem Friedhof neben Karl-Hinrich Behrmann beigesetzt.

Der Pastor sprach einen Segen und winkte Marianne zu sich heran.

Sie ergriff eine kleine Schaufel und warf damit Sand ins Grab.

»Erde zu Erde, Asche zu Asche, Staub zu Staub ... «

Dann gab sie Judith die Schaufel.

»Ruht in Frieden«, sagte Judith leise.

Da war so viel, was sie hatte sagen wollen. Es fiel ihr einfach nicht mehr ein.

Ruht in Frieden.

Dreimal füllte sie die Schaufel, dreimal warf sie den Sand, wie sie es bei ihrer Mutter gesehen hatte.

»Erde zu Erde, Asche zu Asche, Staub zu Staub ... «

Rebecca und Sarah waren tot, der Mann, der sie getötet hatte, war tot, und der Mann, der daran schuld war, ebenfalls.

Zum erstenmal hatte Judith eine Vorstellung, was der alte Spruch *Lasst die Toten die Toten begraben* bedeuten mochte.

Erde zu Erde, Asche zu Asche, Staub zu Staub ...

Ruhet in Frieden.

Das Leben ging weiter.

Und ihr eigenes fing gerade erst richtig an.

QUELLENNACHWEIS

Grabrucker, Marianne: *Vom Abenteuer der Geburt. Die letzten Landhebammen erzählen* (= Die Frau in der Gesellschaft). 1. Aufl., Frankfurt 1989: Fischer.

»Maria Berger, Bayern«. In: Grabrucker, Marianne: *Vom Abenteuer der Geburt. Die letzten Landhebammen erzählen* (= Die Frau in der Gesellschaft). 1. Aufl., Frankfurt 1989, 65-67.

»Barbara Dippert, Oberbayern«. In: Grabrucker, Marianne: *Vom Abenteuer der Geburt. Die letzten Landhebammen erzählen* (= Die Frau in der Gesellschaft). 1. Aufl., Frankfurt 1989, S. 88-89.

»Emmy Krüger, Lüneburger Heide«. In: Grabrucker, Marianne: *Vom Abenteuer der Geburt. Die letzten Landhebammen erzählen* (= Die Frau in der Gesellschaft). 1. Aufl., Frankfurt 1989, S. 152-153.

Grabrucker, Marianne: »Zur Geschichte der Geburtshilfe«. In: Grabrucker, Marianne: *Vom Abenteuer der Geburt. Die letzten Landhebammen erzählen* (= Die Frau in der Gesellschaft). 1. Aufl., Frankfurt 1989: 235-238.

DANKSAGUNG

Am direkten und indirekten Entstehungsprozess eines Buches sind immer so viele Personen beteiligt, dass ich an dieser Stelle sicher nicht allen gerecht werde.

Beginnen müsste ich mit der Schulzeit und mich bedanken bei den vielen tollen und engagierten Deutschlehrerinnen und Deutschlehrern, die mir die Liebe zur Literatur vermitteln konnten und mich immer wieder neugierig mach(t)en auf das geschriebene und gesprochene Wort.

Ein weiterer Dank gebührt den Leiterinnen und Teilnehmer/innen von Workshops, Gesprächskreisen, Lesezirkeln und Kursen zum Kreativen Schreiben, die mich bei meinen Projekten begleitet und ermutigt haben.

Für den direkten Entstehungsprozess der »Judith« möchte ich mich bedanken bei

meinem Mann **Klaus Horns** für seine Geduld und Unterstützung,

Susanne Eggers, die nie aufgehört hat, mich zu ermutigen, meine Träume zu leben und dieses Projekt zu beginnen,

Silja Bracklow für die Zeit, die sie sich genommen hat, die Erstentwürfe durchzuarbeiten, für viele Rückfragen, kritische Anmerkungen und ihr sicheres Gespür für logische Fehler,

Franz-Josef Stern dafür, dass er nie an der Fertigstellung des Buches gezweifelt hat.

Alle anderen, die nicht ausdrücklich namentlich genannt wurden:

Danke, dass Ihr da seid!